王安忆 著

乌托邦诗篇

华东师范大学出版社

目　录

乌托邦诗篇

我是以我对一个人的怀念来写下这一诗篇。

　　对这一个人的怀念变成了一个安慰,一个理想,似乎在我心里,划出了一块净土,供我保存着残余的一些纯洁的、良善的、美丽的事物;还像一种爱情,使我处在一双假象的眼睛的注视之下,总想努力地表现得完善一些。

　　我后来知道,一个人在一个岛上,也是可以胸怀世界的。在交通和印刷业蓬勃发展的今天,知道世界不再是一件难事。人们可以通过书本、地理课程,以及一些相对有限的旅行,去想象这一个巨型球状的世界。时差是最具体不过的说明,它使地球的理论变成常人可感的了。但是我想,这个人却不是从这些通常的途径得知世界的,我想他是从《圣经》的那一节里得知这一知识的。《圣经》的那一节是"创世记"的第十一章,《圣经》说:"那时,天下人的口音言语,都是一样。"后来,他们商量要造一座城,城中有一个塔,塔顶高耸入云,犹如航海业诞生以后海中的灯塔,使得地上的人们不会分散。接下来的一节,题目就叫作"变乱口音"。"变乱口音"中写道:"耶和华说,看哪,他们成为一样的人民,都是一样的言语,如今既做起这事来,以后他们所要做的事,就没有不成就的了,我们下去,在那里变乱他们的口音,使他们的言语,彼此不通。于是耶和华使他们从那里分散在全地球上,他们就停工不造那城了。"于是,他这个人就不仅知道了现在:世上人被耶和华的力量分散与隔膜的状况;而且也知道了过去:曾经有一个可能,世上人是欢聚在一起,由一座通天的塔标作召唤,互相永不会离散,好像一个灯火通明的晚会——晚会是我这样堕落的现代人唯一能够想象的众人聚集一处的情景。当这个人还是个孩子的时候,在那西太平洋小岛的气候温湿的乡村里,他一定做过许多次的梦,梦见许许多多的人在一起,同心协力,建造一座城。人们像一家人一样生活在一起,劳动在一起。后来,海峡对岸的陆地上,那一些轰轰烈烈的群众性革命运动的壮观场面,使他以为他的梦想在世界一部分地区实现了。他是通过收听短波这样的地下活动了解这壮观场面的,这种地下活动不久就将他送进了监狱。那时候,这个岛上的工业化程度还不足以冲击他的宁静乡村,这个岛所依附的那个大国还处在经济大萧条的繁荣的前夜,危机没有来临,这个人还可以再做上一段温馨和谐的童年的梦。我所以判断他是从《圣经》里了解世界的概况,是因为这个人的父亲是一名牧师,这给了我谱写诗篇的根据。我还想象在他小小的头脑里,会生出这样的念头:为什么耶和华要做这样的分散人们、用语言隔离人们的事情? 耶和华为什么害怕人们的力量大过他自己? 因为耶和华无疑是善的,而人们无疑是不善的吗? 关于耶和华,我的想象力到此已经穷尽,《圣经》于我,既像是一本天书,又像是一本童话书,深的太深,浅的太浅。而他又与我相隔很远,我无法将他脑子里的问题一一套出来。我是以我的对一个人的怀念来写下这一诗篇。

相隔很远很远地去怀念一个人,本来应当是一件令人沮丧的事情,因为这种怀念无着无落,没有回应。可是在我,对这一个人的怀念却变成了一个安慰,一个理想。他离我多远都不要紧,多久没有回应也不要紧。对这个人的怀念,似乎在我心里,划出了一块净土,供我保存着残余的一些纯洁的、良善的、美丽的事物;对这个人的怀念,似乎又是一个援引,当我沉湎于纷纭杂沓的现实的时候,它救我出来瞭望一下云彩的霞光,那里隐着一个辉煌的世界;对这个人的怀念,还像一种爱情,使我处在一双假象的眼睛的注视之下,总想努力表现得完善一些。这是一种很不切情理的怀念,我从来不用这样的问题打搅自己:比如“这个人现在在哪里”;比如“这个人现在在做什么”。他的形象从来不会浮现在脑海中。在我的怀念活动中,我从来不使用看和听这些感官,我甚至不使用思和想这样的功能,这怀念与肉体无关。这种怀念好像具有一种独立的生存状态,它成了一个客体,一个相对物,有时候可与我进行对话。这怀念从不曾使我苦恼过,从不曾压抑过我的心情,如同一些其他的怀念一般。当偶然的、多年中极少数一二次的偶然的机会里,传来关于这个人的消息,则会带来极大的愉快,这愉快照耀了在此之前和之后的怀念,使之增添了光辉。我的怀念逐渐变化成为一种想象力,驱策我去刻画这个人。这是一种要将这怀念物化的冲动,这是一个冒险的行为,因为这含有将我的怀念歪曲的危险。我写下每一个字都非常谨慎，小心翼翼，如履薄冰，我体会到语言的破坏力，觉得险象环生。要物化一种精神的存在，没有坦途，困难重重。所以我要选择"诗篇"这两个字，我将"诗"划为文学的精神世界，而"小说"则是物质世界。这是由我创导的最新的划分，创造新发明总是诱惑我的虚荣心。就是这种虚荣心驱使我总是给自己找难题，好像鸡蛋碰石头。

还是从头说起吧，我和这个人最初的相识是在一本书里。这本书里有他的一篇小说，写一个三角脸和一个小瘦丫头，命运将他们胡乱抛在一处，让他们相依相靠。这小说打动了我的是，作者将相濡以沫这一种情状写得感人至深，使这一个情意款款的人间常事显得非同寻常。它集浑厚与温柔于一身。我就想：具有这样的情怀的人该是什么样的一个人呢？能将情感体味如此之深的人该是什么样的一个人呢？这个人心中的情感的源泉是什么？来自何处？那时候，我年幼无知，喜欢做爱情梦幻的游戏，可是即使这样异想天开，我也不对这个人的情感有所希冀。因为我觉得这个人的情感是一种类似神灵之爱的情感，而爱情是世俗之爱，世俗之爱遍地皆是，俯首可得。像我这样生活在俗世里的孩子,没有宗教的背景,没有信仰,有时候却也会向往一种超于俗世之上的情景。我也会为这种情景制造偶像和化身,这种制造活动会延续直至成年。在开始的时候,却是情不自禁,不知不觉。记得我当时读的那本书是与我们隔绝的那个岛上人写的文字。我们和那个岛隔绝了多年,多年里,我们互相编排着对方的故事,为了使我们彼此憎恶。憎恶的情感在我们心中滋生增长,好像树木一样,而我们在树下乘凉。关于三角脸和小瘦丫头的故事打动了我的心,这是一个难以言说的故事,一说出口就要坏事似的,立即会变成一个凡夫俗子的甚至伤天害理的有背传统伦理的街头传闻。为了保护这个故事,我长期以来把它缄默掉了。当人们议论它时,我总是掉头走开,从不参加。这是我和这个人最初的结识,在一本传阅多人、翻得很旧的书里。这个人有一种奇异的爱心。"爱心"这两个字是我成年以后才逐渐找到的。这爱心很大,又很小;很抽象,又很具体;很高,也很低。像三角脸和小瘦丫头这样的两个可怜虫,要说他们有什么资格承受这样的爱心呢?然而是否正因为它是这样不计条件,它便可大到无限处了呢?

这种爱意是这样无微不至的吗？即使是对三角脸和小瘦丫头，这爱也没有显出丝毫的俯就之感。这爱心奇异地感动了我，这便是三角脸和小瘦丫头的故事引起我注意的原因。这原因是我成年以后所总结的，当我总结出这样的感动的原因，能够以"爱心"来为这情怀命名之后，我才敢于来复述三角脸和小瘦丫头的故事，并且将这故事作为我对这个人的怀念的懵懂的开端。

三角脸和小瘦丫头的故事是我认识这个人的一颗种子，埋在了我的经验的开初阶段。在这开初阶段，我广泛地接纳各种印象：有浅的，如蜻蜓点水；也有深的，成为一个身心的烙印。这个阶段，我的身心都处在一个建设的时期里。我要进行物质和精神的两种基本建设。我的名和利的思想都很严重，渴望出人头地。我想，于我来说，做一个作家才可名利双收，因为我没有任何技能。而书写一些文字并不能算作技能，也无需本钱，纸和笔很廉价，我的时间也很廉价。我白天里上班，夜晚就写啊写的。那时候，外面的世界千变万化，对世界的观念日新月异，令人目眩，甚至已经将来自我们自身经验的观念淹没。虽然我及早地了解到，要想出人头地，非得坚持来自个人经验的观念不成，因为只有这样的观念才可能有别于他人，突出自己。因为我知道做个作家就是立一个山头，要立自己的山头而不是去给别人的山头添石加土。尽管这样，我也不免为各种观念冲击得摇摇欲坠。幸而我的天真挽救了我，我的天真的另一个同义词是幼稚。我很天真或很幼稚地将我的一些经验写下，没有运用技巧，也不会锻炼文字，甚至不会运用我的观念以作透视，岂知这反倒诚实地表达了我的观念。可是我在思想上却总是奔赴最前列的思潮，这些思潮以其新奇与危险强烈地吸引了我。幸亏我追随这些思潮只是快乐的旅行，而我自己的朴素的观念则是我真正的家园。当我写作的时候，就总是回家，写作完了，再去旅行。这时候，我忙忙碌碌，神经分分，一会儿快乐，一会儿苦闷，目标基本上很明显，意志也很坚决，还很狂妄。我已经把三角脸和小瘦丫头的故事忘记得一干二净，我并不知道，其实我正在走向这个人。我的这一切努力，其实都是在为认识这个人做准备。当时我并不知道，三角脸和小瘦丫头的故事对于我会有什么意味，在那时候，这是未来的事情。

后来,我在美国见到了这个人。那是在美国中西部,离密西西比河不远的,盛产玉米的地方,有一个大学。每年秋季,便举办为期三个月的"国际写作计划",来自许多国家的作家们聚集在这里。其时,树叶一层一层地红了。我是跟随我的母亲,一个城市孤儿和解放战士出身的作家,去到那里。我们乘了许多小时的飞机,在旧金山和丹佛转乘,把钟表的指针一会儿拨到这,一会儿拨到那,昏头昏脑地飞到了目的地。在接机的人群中,有这个人,他穿一件桔黄的衬衫,他很高大,他有啤酒肚,他的眼睛很"仁慈"。"仁慈"是成年以后逐渐找到的两个字,当时我是用"亲切"这两个字暂时替代的。当时我不仅头昏脑胀,还愣头愣脑,不仅是时差的关系,一股人造器材,如塑料、橡胶之类的气味,混杂着人体的化妆品气味,以及车辆的废气,合成一股我命名为"外国味"的东西,使我眩晕,神志恍惚。后来,每当我嗅见这股气味,我便陡然地想起到达我的美国目的地的这一个不知是黎明还是黄昏的时刻。后来,随了中国现代化的进程,这股气味也逐步普及,于是,它所换回的情景便也因为频率过密而逐渐淡化,就像电影里时常使用的淡出的效果。天边变换着不知是朝霞还是晚霞的云彩,好像一幅古典浪漫时期的油画。我茫茫然、磕磕绊绊地随了人群去取行李,上车。在车上,这个人对我说:你的发言稿我已经看了,我父亲也看了,父亲看了后很感动,说中国有希望了。我不知道这人的父亲是谁?也不了解我的发言稿中哪一部分联系了中国的希望,可是这个人的夸奖却使我心底陡地升起了一阵快乐,这阵快乐甚至使我清醒了片刻。我那时以为我的快乐是因为引起了一个成年人的注意。我是那么担心受到漠视,尤其是跟随了功成名就的战士作家母亲。后来,我知道了这个人的父亲,这位父亲的有一段话使我永生难忘。那是说在这个儿子远行的日子里,远行是一种象征和隐喻的说法,它暗示了这个人的一段危险与艰辛的经历,这不仅意味着离家的孤旅,还意味他离开他相对和谐的早期经验,走入残酷的阶段。它具体的所指,大概是"入狱"这一桩事吧。在这个人远行的日子里,他的父亲对他说:

　　孩子,此后你要好好记得:

　　首先,你是上帝的孩子;

其次,你是中国的孩子;

然后,啊,你是我的孩子。

在多年之后,这成了我的诗篇的精髓,是我的诗篇最核心的部分。这个人的父亲是一位牧师,我想象他在那个湿润的多雨的乡村礼拜堂里布道,我的心里又激动又静谧,又温暖又沁凉。受到他的夸奖,是多么快乐的事情啊!现在我记起来了,那是黄昏的时刻,夕阳染红了那条蜿蜒的河流,有野鸭子在河岸树丛中嘎嘎地叫,我们遇到了一个气球旅行家,他的五彩气球从我们头顶飘扬而去,我觉得置身于一个童话的世界。当我觉得置身于一个童话世界的时候,我陡然地觉出了身心的疲惫和苍老,我的成年时期陡然地开始了。

在这个年轻的国度里,我们文明悠久的东方人从出生那一天起就是成年人了。我们的婴儿时期以及少年时期和青年时期是蚕蜕那样的东西,只是使我们的形体有所变化,而内心中的生命之核则生来俱成,待到蚕作成了蛹,待那蛹再作成了蛾子,便是我们的死亡。我们的死亡就像蛾子那样洒脱、美丽、自由,有飞翔之感。我们花尽了一生去培养这个死亡的时刻,充满了感伤神秘的诗意。我们这些诗意的东方人,走在这个国度的玩具般的簇新的房屋前的甬道上。鲜花盛开,绿地静悄悄,树木掩着木桌木椅。忽然间,出现了一个小小的儿童乐园,树桩和圆木搭成滑梯和秋千架,没有人迹和足音。我学着那些调皮的儿童样,坐在秋千上,用脚尖急促地点地,想作一次高昂的起飞。可是秋千总是沉重地落下,我沮丧地想,我再做不成一个孩子了。那时候我总是穿一条白色的连衣裙,夹着书本,到绿地里去找一张桌子,读书。我其实并不真地去读书,只是为了冒充一个树林子里读书的女孩。我曾经为自己设计过多种角色,林子里读书的女孩便是其中的一个。我特别想做一个孩子,做一个孩子,而我力不从心。在我们作客的这个城市里,有三分之二的居民是大学里的学生。男孩们和女孩们手拉着手,在街上走来走去,在太阳当头的正午,躺在草地上晒太阳,草地上就好像开满了五色的花朵。我最喜爱的图画,是黄昏时分,下课的孩子们在河上荡桨,落日的逆行的光辉将他们照成剪影,从金光灿灿的树丛后面滑行过去。每天这个时刻,我都站在我的面朝河流的公寓的窗前，观看这一幅图画。这时刻又总是宁静异常，所有的声音都为这一刻偃息着，等这一时刻随了小艇滑行而过，再重新噪然而起，好像一个歌咏。我的临时栖宿的窗户，框下了这幅图画，使我感觉到一个排斥，告诉我：你永远进入不了。

现在我想起来了，我的发言稿内容大意是：像我们这一代知识青年作家，开始从自身的经验里超脱出来，注意到了比我们更具普遍性的人生，在这大人生的背景之下，我们意识到自身经验的微不足道。这个人的父亲所看到的希望是这个吗？我多么惭愧啊！我其实距离这个父亲的希望很远很远，我其实只是在谈一个文学的问题，我想表达的只是：如何使我们的小说表现得更深刻。我的意思是：个人的对其经验的认识是有限的，要以大众的广阔的经验去参照个人的经验，从而产生认识。我觉得其中有一个微妙的矛盾，那就是，个人的经验是独特的，却是有限的，大众的经验可提供无限认识的机会，可却是普遍的。怎样处理好个人经验的独特性和大众经验的普遍性的关系？怎样处理好大众认识的无限机会和个人认识的有限机会的关系？我一心要做一个作家,我将人生的内容全演化为文学的象征性符号。我欺骗了这个人的父亲的喜悦,我将要使他失望了。要使他失望的恐惧和悲哀抓住了我的心,他的喜悦和希望于我已成了一种光荣的象征,辜负了他会使我遭到莫大的损失,我不愿受损失。

我其实被我的经验纠缠个不休。我曾经用文学来将自己从这些经验中解救出来。可是在人家的国度里作客的日子里,在这些不写作的日子里,我的经验又回来了。我发现文学无从将我从经验中解救,我的文学没有这样的力量,我的文学充满了急功近利的内容,它刻求现世现报,得不到回应它便失去了意义。现在我又记起来,我是那样喋喋不休,抓住空子就向这个人诉说我的经验。为了不使他忽视,我无形中加油添酱,夸张与强调是我惯用的手法。我不知道我为什么要这样地用自己狭隘的经验去麻烦这个人,这个人难道对倾听我的经验有什么义务吗？我为什么要把这个义务强加给他,我几乎把我给这个人最初的好印象全砸了,如不是我彻底的诚实,我就要把事情全弄砸了。要是把事情全弄砸了,那是多么糟糕啊!我现在回想起他那时脸上流露出的、对我无话可说的表情,这表情曾经使我又伤心又委屈。我非但没有知趣地改变话题,反而加倍地诉说我的经验,我的经验在我反复的叙述中越来越偏狭。我为什么要用明明是我自己的经验去折磨这个人呢?这个人与我有什么关系呢?很久很久以后,我才发现,冥冥之中,我选择了这个人作解救我的力量,我觉得他能够解救我。我拿我狭隘的乏味的经验无休止地去麻烦他,当他试图制止我时,我的态度就越发激烈。我那时候是多么危险啊!我如要使这个人心生厌烦,可怎么办呢?那时候,我有多少地方足以使他对我失望与厌烦的啊。我想,他不喜欢我在超级市场推了小车,情绪昂扬地走在满架的货物之下,好像在作一次游行;我想,他不喜欢我热情地随了人流去野餐,将煤球装进烤炉,浇上酒精,一点即着,烤着半生不熟的肉饼和玉米棒子;我想他也不喜欢我坐在沸腾如开了锅似的看台上,观看美国足球,像那些美国佬小孩一样大声疾呼。

看美国足球是一个重要的事件。虽然于今相隔了很多的日子,那日的情景却历历在目。观众的呼声如同海潮,此起彼伏，无休无止。碧晴的天空在我的回想中炫着眼目，一架银色的飞机在足球场的上方飞来飞去，好像一只大鸟。拉拉队在球场四周舞蹈跳跃，敌我双方的吉祥物作着种种挑衅和鼓舞的表演。人们身着黄黑两色的衣帽，黄黑两色是本城队伍的标志，两色旗高高飘扬。那是一个寒冷的大风天，人们裹着毯子，喝着饮料。风吹透了我单薄的身体，我从头至尾打着寒战，牙齿咯咯响。那真是一个重要的日子，许多细节在此时此刻浮起眼前，又退下去，好像潮汐，夜长日消。怀念是件很好的事情，它可筛选我们的繁杂的经验，留出那些最宝贵的，聚集在一起，在我们时常经历的黯淡的日子里，鼓舞我们。怀念还具有一种很好的功能，它可使我们的经验，按照比时间空间更真实的原则，重新组织，让这些经验得到转变，成为最有益的记忆。看美国足球所以是一个重要的事件，是因为它好像一块磁石，将一系列松散的事情和人物，吸引到一起，组成一个诗篇的结构。构成这个重要事件的，其实仅只是一句话。

在我们那一期的"国际写作计划"里，有东德和西德的作家，有阿根廷的作家，有巴勒斯坦和以色列的作家，有波兰的作家,有南非的作家。我们平时各管各的,我们各有自己民族的朋友,这些朋友大多是留学生和移民,几乎全世界的民族都有自己的移民在这个国家里。举行活动的时候,我们就聚在一起。这些活动以晚会为多,我们吃、喝、唱歌、跳舞。人们总是拉我唱歌,他们不乐意看到一个东方女孩沉默不语。他们以为我这样年纪的女孩,跟了母亲来旅行美国应当玩得高高兴兴。由于吃黄油与肉类过多的缘故,我脸上起了许多疙瘩,这使我看上去就好像一个青春期的大一女生。人们为了使我开心,真是想尽了办法。他们找来天鹅的洁白的羽毛送我,他们到猪圈里捉一只干净的小猪塞在我怀里,他们把我送上康拜因的驾驶室,让我观看收割玉米,岂不知这都使我热泪盈眶。我泪眼婆娑地看见了我的青纱帐,在那里我度过了从十六岁到十八岁的少女时光。他们大声地拉我唱歌,我只得唱一支东北小调,我唱来唱去只会唱这一支东北小调,歌词是:小妹妹送情郎,送到大门外;泪珠几千行,掉呀掉下来;天南地北你可要捎封信;莫把小妹妹忘呀忘心怀。每当我唱完第一句,这个人就用刀叉敲打着碟子,合上我的节拍,为我伴奏,我至今不忘那叮淙的碟声。我想我们的许多歌都是关于离别的,关于离别的歌占了我们歌曲的大部分。离别的时候,要叮咛的话是说也说不完的。离别的叮咛是我们说话中的一个重要部分。

在我们那一期的"国际写作计划"里,有一个来自东德的男作家,和一个来自西德的女作家。多年之后的今天,柏林墙已经拆除,我们自由往来于东西德间,回述这段往事是多么动人心魄。而像我们这样短暂的微小的生命,却经历了历史长期准备后形成演变的伟大瞬间,又是多么幸运。那一个东德人高高大大,却有一双蓝眼睛,这双蓝眼睛使他脸上有一种童真的神情。来自西德的则是一个憔悴的女人,她一生中经历了逃亡和离婚两个大事件。她本是东德人,后来逃到了西德。他们这两个德国人形影不离,同出同进。那时候,每隔几日,在我们住的公寓里就要举行晚会。在晚会上,诗人们就用自己的语言朗诵自己的诗歌,各种各样的语言在空中飞行,变成一种仅仅是听觉的东西,好像音乐。有一天,东德人来晚了,没了座位,于是他便坐在西德女人的膝上。当我成年以后,经历了许多离别与重逢的事件,身心又疲惫又感伤,再回想那一个场面,不由怦然心动。那个有着大男孩一样纯洁蓝眼睛的强壮男人，坐在那憔悴的、早衰的、神经质的、面目丑陋的、身心交瘁的女人的脆弱的膝上，有一股摒除了男女欢爱的纯粹的情爱之感，一股暖流注满我心中。在那很长一段时间里，我一直厌恶这女人，她总是那样醉醺醺、泪汪汪、声音嘶哑。后来她曾经有一次来到上海，当我们见面时，我明明看见她想要吻我，可我装作不知道回避了。现在，我的眼前出现了当我回避她的亲吻，她黯然退之的神情。我还想起那个寒冷的悲惨的夜晚，当我们大多数人聚在一处举行晚会的时候，她跳进了冰冷彻骨的河水。事情是这样发生的。在"国际写作计划"期间，每个星期要举行一次报告会，根据地理和行政分成小组。她不愿参加西欧组，而东欧组不要她参加。她是怀了被抛弃的心情踅进黑压压的树丛，走下河岸。夜晚的河岸没有人，野鸭子也回家睡觉了。沿河的留学生公寓亮着灯，响着震耳欲聋的摇滚。她想：她无家可归，无所归依；她想：人人都有家，野鸭子也有家，而她没有家。家是我们出门在外的人最重要的东西，是我们旅行的终极目标，没有家我们哪儿也去不成。

看美国足球是我那一次旅行中的一个重要事件。那沸腾的景象是我有生以来头一次领略。那么多的人，为了这样一件小事激动和高兴。一个人怎么会这样高兴？高兴竟是一个人的很重要的心情？我和这个后来我所怀念的人坐在沸腾的人群里，我们穿得都很单薄，尤其是我，寒风瑟瑟，我们矜持地坐着。有一个吹气的巨大的美国足球在看台上空被人们传来传去。每个人都要去拍打它，拍打了它好像中了彩似的，欢快无比。巨型的电子屏幕上打出进球的球员的形象，场内一片欢腾，山呼海啸。我努力使自己兴奋，去符合人们的情绪。就在这时，我身边的这个人，忽然站起身，向着狂欢的人群大声叫道：

傻瓜！你们这些傻瓜！

他的声音刹那间被风声和人声的浪潮席卷而去。我忽然发现，我们这两个中国人在这欢乐的海洋中是多么的寂寞。我们无依无靠，我们其实一点都没弄明白他们为什么这样高兴，他们的高兴与我们相距甚远，有咫尺天涯之感。看美国足球是我美国之行中最寂寞的时刻，又是最温暖的时刻，因为在这一

[022]

刻里,我忽然无比欣喜地发现,我与这个人之间,其实是有一个宛如默契一样的联系,这联系产生于我们各自出生之前就已开始的经验的旅途之间。这经验的旅途恰恰不是我说出来的那些,而是我没有说,或者说不出来的那些,这经验是什么呢?

我现在回想,我的喋喋不休是从那一天终止的。想到我曾说了那么多的废话,我便甚觉惭愧,懊恼万分。我现在觉得自从看美国足球以后,我度过了一段心情宁静的旅居生活,我不再去做那种徒然的努力:要参加进人家的快乐时光。快乐是与我无缘的,我对自己说。在人家的国度里活动是一件特异的事情,假如没有宁和的心境几乎一天也过不下来。我想起我们大家为西德女人庆祝生日的晚上,那么多的人挤在她的房间里,肩并着肩,腿挨着腿,就像我们中国上海高峰时间的公共汽车。我们喝酒、聊天,各人说各人的,也不管别人是否听懂。我们中间,最活跃的是那个土耳其人,他写诗,他说如今诗人比普通的人多,谁来读呢? 这情景颇像我们在西德人房间里的情景,说的人比听的人多。我们兴致很高,渐渐忘记我们是为什么而来。西德人很快就醉得差不多了,泪眼汪汪,声音嘶哑。我还想起，我们为波兰的流亡作家送行的那个晚会，也是挤了一屋子，吃着奶酪和香肠。那是一个沉默的晚会，人人言语不多，因为波兰作家前途叵测。他要去的地方是纽约，纽约将上演他的戏剧。纽约这样的地方，每一天都有新的戏剧上演，有人成功，有人失败，好像是一个旋转舞台。他好像有无穷的话要与我说，可最终却只是揪住我的头发摇了摇，欲语还休。我们那时经常在走廊上开舞会，音响震耳欲聋。我们手拉手跳着舞，哈哈大笑，我们还很亲热地你在我手里咬一口，我在你手里咬一口地吃着东西，脚下走着舞步。在后来的一次又一次的回想中，我越来越觉得我们这些来自全世界各国的人们的晚会，具有一种相濡以沫和苟且偷欢的味道。我们所居住的公寓八楼，就像洪水中的方舟。我们停留在我们短暂的旅居中，互相悉心照顾、呵护。

旅居之地是象征性的乐园，而所有的旅居之地中，又首推美国。看美国足球更是一个象征。象征快乐、高兴、无忧无虑、无牵无绊、一身轻松，还象征"傻瓜"。看美国足球是我认识这个人的，继三角脸和小瘦丫头的故事之后的第二个段落。在这个段落里，我对他产生了一种类似于爱情又不同于爱情的心情。说它类似于爱情，是因为我很无理地生出一种要垄断他的念头。那时候，他像个少先队员似的，喜欢听我母亲讲述战争年代里的英雄故事。根据地的生活令他向往，人们像兄弟姊妹一样生活在一起，令他心旷神怡。那时他刚写作了一篇小说，关于一个革命党人的妻子。而我总是在最关键的时刻尖锐地指出他思想的弊病。以社会主义过渡时期中出现的问题为例证，说明母亲们的牺牲反使历史走上了歧途。他起先还耐心地告诉我，一个工业化资本化的现代社会中人性的可怕危机，个人主义是维持此种社会机能的动力基础，个人是一种被使用的工具，个人其实已被社会限定到一无个人可言，个人只是一个假象。而我却越发火起，觉得他享了个人主义的好处，却来卖乖。我辞不达意，且气势汹汹。那一次我想他是真正地火了。他说：你是故意要反对妈妈！记得他说完这话不愿再听我的分辩，当他走出门去后，我委屈难言，愤怒难言，且又伤心难言。这一刻的心情非常像是失恋，眼泪噎住了我的喉咙。我还很乐意为他办事，有一次他去芝加哥，走之前将一封信和一张支票塞进我房门,请我帮他去交这一月的房租。我是那么兴高采烈,赶紧地跑下楼去交付房租。去什么地方,有他在场我就高兴,没他在场则有一点儿扫兴。他夸奖我的小说也会使我欣喜万分,我甚至还有这样的想法,为了他我要把小说写得更好。这就是类似于爱情的地方。而不同于爱情的地方则在于我连想都没想过,要与他去亲热一下,亲热的念头从来不曾有过,千真万确。这是第一点,第二点是我从来不去揣测他对我的心情,我甚至从来没有想到过这样的问题:他喜欢我还是不喜欢我。这些地方都与爱情有着本质的区别。他于我,好像是一个抽象的存在,我如何为这抽象存在命名呢?为这个抽象存在的命名其实就是这诗篇的末尾的警句。

当我写着我的诗篇的时候,怀念一个人使我陶醉。我发现怀念原来是这样完美的一种幸福。这是一种不求回报、不计名利的纯粹的精神活动,这是完全只与自己有关的精神活动,它可使人自动地放弃肉身的欲念,享受超然物质的激动和喜悦,它使感官处在梦幻的状态,而灵魂清醒地行动,灵魂的活动是一场歌舞。我用怀念来虚构这个人的诗篇,怀念具有想象和创造的能力,这也是我的新发现。没有人可以限制我的怀念。在这个城市里,动辄得咎,过马路有红绿灯指挥你,随地乱扔纸屑要罚款,而我的怀念很自由,它想怎么就能怎么。怀念可使我们获得自由,问题是我们有什么可去深深怀念的? 我们日益繁忙,并且实用,怕吃亏的思想使我们和人交往浅尝辄止,自我的扩张与发扬使我们对身外一切漠不关心,我们几乎失去所有的建设一个怀念的对象的机会,怀念变成奢侈品一样,开始从大众生活中退出。我庆幸我拥有怀念这一桩财富,我要加倍珍爱,不使我的怀念受一些儿玷污。

我想起有一日我们去参观农庄,坐在大客车上,他问我回去之后准备写些什么? 我回答很难说。他又问,写美国还是写中国? 我说,当然写中国。他很高兴地用握在手里的一卷报纸在我头上敲了一下,说: 好聪明的孩子。我心中激动万分,虽然我用很长久的时间也没弄明白,我的回答中哪一点证明我是聪明的孩子。为了不辜负他的夸奖,我苦苦地思想,为什么我是个聪明的孩子。想明白我是聪明的孩子的原因,是为了使聪明发扬光大。我想来想去也没有想明白,只是坚定了一条,那就是：回来以后，一定好好地写中国。可是回来之后，我却一篇也写不出来了。我看见中国忽然变成了一个陌生人，我对它毫不认识，我束手无策。我以为去美国中断了我对中国的经验，我还以为旅居美国使我不再适应中国。我苦恼地想：我要对这个人爽约了。我无法写中国了。对这个人的爽约使我难过，这就是怀念在无意识里萌芽的日子。有时候，我因为写不出一个字，在马路上走来走去，心里就想：我做不成聪明的孩子了。可是我多么想做成一个聪明的孩子啊！做聪明孩子是诗篇的第三段落，这是一个充满了哲学意味的段落，这还是一个具有救世意味的段落。这个人一方面要用人类的普遍的苦难，掩埋我的经验，他消灭我的经验，他对我说：看见吗？那阿根廷人，她的母亲是一个精神病患者，那是她终身的监狱。这是他所提示于我的最令我无可奈何的一种灾难，生老病死是人们永远的灾难，谁也规避不了。他的言下之意是：你那一点点经验算得上什么呢？可是另一方面，他又以做聪明孩子的虚荣心笼络我，去守住我的中国经验。我为什么这样重视他的意见？问题在于我需要一个意见，光有我自己的还不够，我正处在一个不那么自信却又不承认的时期里，于是我需要一个意见作驱策，作逼迫，作诱惑，我选择了这个人的意见。我选择这个人做我怀念的对象。可是他给我出了多大的难题啊！

怀了做一个聪明孩子的心愿回到了中国。分手的情景是那样草率，简直不值得一提。我们没有说一句告别的话，我站在我的对了电梯的房门口，电梯前涌了一大群美国男孩和女孩，他走向电梯前连身体都没有转向我。他只是背对着我，伸出胳膊，对着空中挥舞几下，然后就走进了电梯。这几乎不像是分别，一点不严肃，一点不郑重，分手总归要难过一下吧，就算不掉眼泪，也应当相对无言一会儿，况且，这一分手，聚首的日子遥遥无期。这也就是不像爱情的地方。过了许多许多日子，当怀念这一桩心情酝酿成熟，渐渐地开始了它的旅程。我再回顾这一个离别的场景，却发现了其中的意味。我想：他是在向我的目送挥别，他是在用他的背影与我告辞。世界上关于分别的叮咛是那么重要地占据了语言的领域，而所有的叮咛在运用了几百年几千年之后，已变成陈词滥调，仅仅成为一个仪式。而我们是用仪式之外的仪式，叮咛之外的叮咛来作告别，这才是真正的告别。在这告别之后是真正的分离。我从来不曾想过这样的问题:什么时候再能见到这个人呢? 见到不见到这个人是无所谓的事。他所居住的那个岛是我从来没有经验的,我想象不出他在什么样的环境里活动,我也从来不去作这种想象。我忙忙碌碌地过着我的奋斗的生活,那是一个特别忙碌的时期,似乎背负着很紧要的责任。我对周遭事物漠不关心。当我坐在我的书桌前,面对一叠空白的稿纸,心里便想:谁能帮助我呢? 谁也帮不了我啊! 我觉得又孤独又寂寞。我感到我的经验已经被排斥了,我还能在我的稿纸上写什么呢? 我常常开了头,然后一泻千里,写得热火朝天。热火朝天后面紧跟着就是深刻的无聊之感,我颓然想到:这有什么意义呢? 是什么意义驱使我这样不停地写? 个人的经验显得那样无聊,那样苍白,被旅居的日子分割得七零八落,断断续续。旅居的日子丰富多彩,而又浮光掠影,可以组织成一个又一个的美妙小故事。我的做一个大人物的妄想,本能地拒绝小故事。这是一个很困难的时期,我每天早晨起来,坐在我的书桌前面。我的书桌好像是我的宿命,我知道逃避不了,于是就乖乖迎上前去。

我从太阳升起，直坐到黄昏日落，晚霞满天。我应当拿什么去填满那成万上亿的空格，成万上亿的空格形成一个巨大的茫茫的空间，逼迫地等待着我的创造物。我的经验和观念全成了空白，旧的已去，新的不来，好像冬日凋零的树干。我想我大概在我的旅居中，将自己遗失了，那是一个容易发生遗失事件的地方。在我们的旅行中，妈妈遗失了一个箱子，这个人遗失了护照，一个香港人被抢劫了钱包，还有一个加纳人遗失了一箱啤酒。旅行总难免有些混乱，人生地不熟，又想携带很多东西，还要购买一些纪念品。购买纪念品是旅行的一大内容，也是最容易出错的时刻。纪念品商店是那样琳琅满目，叫人眼花缭乱，目不暇接，往往顾此失彼。这时我越发相信我的困难是造成于旅居之中，我把我自己丢啦！这是一个卡夫卡式的故事，一个《变形记》的翻版。我们的时代多么叫人悲哀，前人已将他们的山头占满了地盘，越是伟大的人，占地面积越大。我们只好去进行侵略，小国我们不屑一顾，大国又实力不够。前人们没有给我们留下一点插脚之地，我们在人家的山头爬上爬下的，世纪末的情绪充斥我们心头。当世纪末的情绪充斥我们心头的时候,我们很奇妙地会生出一股自得的情绪,我们觉得我们已经汇入了国际性的思潮,就像河流汇入了大海,我们因此而在我们脸上抹去了孤寂的表情。于是,世纪末的情绪成了我们又骄傲又焦灼的心情。在我结束旅居回来的时候,这里正流行着国际化的趋势,这趋势使我们轻视我们的经验,夸大了我们经验的局限性,"人类的背景"是我们追求的目标。

多年之后,有一个外国人,风尘仆仆,捐了一个沉重的背囊,他找到我后,倾囊而出一堆杂志,他的背囊转眼间轻飘无比。这杂志的名字叫做《人间》,总共有十来本。大十六开的版面,印刷精美,纸张优良。外国人说,他是从这个人的岛上来,这个人托他带来这些给我。《人间》杂志是这个人和他的知识分子同伴们自筹资金创办的杂志,这杂志的名字让我琢磨了许久,《人间》的含义被我一层一层地释剖。这时候,我的困难时期已经安然度过,我情绪平定、内心充实,我有旅行的计划和写作的计划,有条不紊。我把这堆《人间》放在我的床头,夜晚时分我就翻上一本,怀念的情绪就是在这样的夜晚升起。《人间》里有一个曹族少年汤英伸的故事。曹族是一个山地民族,是那岛上的原住民的九族之一。汤英伸退学去都市闯荡，一夜之间犯下了惊世骇俗的杀人罪。从此后，《人间》就开始了整整一年的救援汤英伸的行动。我看见了这个人在这救援活动中的照片，于是，这场救援便忽然地呈现出生动的场面。这些年的有一个时间里，这个人原来在做这个啊！我欢欣地想。他风尘仆仆地九死而不悔地，在为一个少年争取一个新生的机会。汤英伸少年英俊无比，聪慧无比，笑容清纯而热忱，这样一个孩子将要偿命，令人心不忍。由于他的母亲车祸受伤，家中经济情况面临困难，于是，他只身一人来到都市谋生。但是，我还设想，他可能是从流行歌曲里开始了对都市的向往，他觉得那里机会很多，生活丰富多彩。摇滚的节奏总是使人兴奋无比，热血沸腾，对前途充满希望和信心。因为这时候，我们这里也成了流行歌曲的世界，人们唱着歌，心情就很欢畅。人们在上下班的路上，戴着耳机，让那震耳欲聋的音响，激励我们的身心，驱散日常的疲乏。少数民族通常是能歌善曲的民族，他们没有被大族整肃的文明同化，在偏远的山地，保持了原始人的自然的天性。日月星辰是他们的伙伴，草木枯荣教给他们生命的课程。

他们将他们的经验变成歌曲,一代传给一代。唱歌往往是他们最重要的社会活动,是他们交往的主要方式。后来,留声机和录音机,多声道的音响传播了摇滚的节奏,机械与电子的作用使得声音具有排山倒海之势,自然之声相形见绌,软弱无力。流行歌曲真是个好东西,它使人忘记现实世界,沉湎在一个假想世界,以未明的快乐与出路来诱惑我们。我设想汤英伸是戴着 walkman 的耳机离开山地,去到大都市。我从照片里看汤英伸有一个吉他,挂在墙上,线条异常优美,文章也告诉我,这是一个热爱唱歌的少年。而他没有想到,离开山地就意味着踏上了死亡之地。死亡是怎样来临的呢?

后来,我核算了一下时间,发现大约就在汤英伸少年踏上走向城市的旅途时,我正去往乡间。那是我的困难时期,书桌上的空白稿纸天天逼迫我。乡间总是使人想起规避之地,人走投无路时,就说:"到乡间去。"我与这个少年隔了遥远的海峡,在连接乡村城市的道路上交臂而过。汤英伸唱着歌儿进城了,他满心都是成功的希望。我去乡间的心情飘摇不定,忽明忽暗。有人告诉我那乡间的关于一个孩子死亡的故事,这故事里有一种奇异的东西,隐隐约约的,呼吸着对我的经验的回忆,受到呼吸的这一种回忆似乎不仅仅是单纯的回忆,还包含有一种新的发现。我就是为了这一点闪烁不定的东西去了乡间,乡间总是有着许多故事,这些故事带有古典浪漫主义的气息,鼓舞人心。我去追踪的孩子死在前一个夏季,死去的那年他十二岁。他的家庭非常贫穷,那是在农村责任制分田到户实行之前。在我去的日子,他家已经有了一个巨大的粮食囤,占去住房三分之二的面积。这孩子从小到大,没有照过一张相片,他的形象就渐渐地不可阻挡地淡化。后来,有一个画家要为他画像,人们就你一言我一语,描绘给那画家听,画家反无从下手了。他还没有留下一件遗物,因为那乡间不仅贫穷还极其愚昧,认为十二岁的死者不宜留下任何东西,留下任何东西将会给其他孩子带来厄运。人们将他的东西一把火烧光。于是,当人们要对他进行纪念活动的时候,就找不到一件实物,可寄托对他的哀思。他是为了一个老人而死,这老人无亲无故,已到了风烛残年,一场特大的洪水冲垮了他的破旧的草屋。那乡间是个洪水频发的乡间,关于洪水,那里有许多神奇的传说。长年来,孩子一直陪伴老人,好比一祖一孙。这天夜间,屋顶开始落土,土块越落越大,屋梁塌下了。孩子推开老人,木梁砸在他的腹部。这间草屋的所有部分都已朽烂,唯有这根木梁,坚硬如故。孩子被送往医院,十五天之后死去。孩子死去仅是故事的引子,正片这时才开了头。在这乡间,有一个热爱文学的青年,关于他的生涯他有两句诗可作写照,那就是:"学生为国曾投笔,粪土经年无消息。"这一回,他将孩子的事迹写成报告,寄到报社,孩子因此而成为一名英雄。那乡间出了一名英雄的消息,顿时传遍了四面八方。许多孩子和大人,步行或者坐车到那乡间去瞻仰孩子的坟墓,孩子的坟墓从小河边迁到村庄的中央,竖起了纪念碑。我就是这些孩子和大人中的一个,以我的经验,我敏感到这里面有一个秘密,这秘密在暗中召唤着我。后来,我相信我是有预感的。我预感到事情要有变化了。

现在,我所以要叙述这个故事,是因为在某一个时期里,我和这个人的活动都是围绕着一个孩子:他是为了那一个孩子的生,我则是为了这孩子的死。这个人距离我是那样遥远,有时候我也想寻找一些或虚或实的东西,作为我与这个人的联系,好使我的怀念的诗篇有一些逻辑的性质。他在他的刊物《人间》里，开辟了偌大的版面，描述汤英伸少年，使得全社会都注意到一个普通的孩子。孩子杀人虽不算是太平常的事，可却也不算太稀奇。都市里每天都发生许多案件，每个案件都有特别之处。他和他的知识分子伙伴们大声地疾呼，请你们看看这个孩子！看看这个孩子为什么犯罪！当这个孩子犯罪的时候，我们每一个大人都已经对他犯了罪！他们似乎忘记了他们身置一个法治的社会，他们企望以自然世界的人道法则去裁决这一桩城市的命案。他们甚至提请人们注意到几百年前，一个大民族对这个少年所属的小族所犯下的罪行，他们提请人们注意这样一个带有浪漫的诗化倾向的事实：当汤英伸少年向那雇主的一家行凶的时候，其实是在向几百年不公平的待遇复仇。他们向这个严厉的法制社会讲情，说："请先把我们都绑起来，再枪毙他。"他们还要这个法制社会注意到天国里的声音："凡祂交给我的，叫我连一个也不丢失，并且在末日，我要使他复活。"这个人的身影活跃在这些激越而温存的话语里，使我觉得无比亲切。亲切的心情是他时常给予的，"亲切"二字似乎太平凡且太平淡了,然而,千真万确就是亲切。有一张照片,是在汤英伸的死刑执行初步暂缓以后,律师、神父、汤英伸的父亲,以及这个人,正密切讨论下一步的法律行动。他正面站着,以他习惯的双手撑着后腰的姿态。这时候,前途叵知,生死未卜。律师是他们中间唯一能够将所有人的理想、情感、愿望赋予行动的人。他们所有人都殷切地、热烈地期望于他。这个人在他们中间,使我感到多么的亲切啊!交通和印刷业真是个好东西,外国人也是个好东西,他是自由的信使,为分离的人们传递消息,使怀念由此诞生。

让我把那两个孩子的故事说完,汤英伸在城市里的遭遇很不顺利,他没有遇到好人,他遇到的人都黑了心肠,那个职业介绍所首当其冲。他们压榨这个初到城市的山地少年,欺他年少、单纯、人生地不熟。他们在一夜之间,就将这少年欺压得怒火中烧,焦灼不安,杀人的事情就是在黎明时分发生的。争执是从很小一件事开始的,似乎是汤英伸要离开他的雇主,而雇主由于已经付了佣工介绍所许多钱,不肯吃这个亏,要扣下汤英伸的行李。这是一个导火线式的事件,汤英伸在一昼夜里积压的怒气如火山一样爆发了。他变得力大无穷，不计后果，他一口气杀了两个大人，一个小孩。他不杀人不足以解气，太阳这时候才升起。他丢下手里的凶器，大约还拍了拍手，好像刚干完一件清扫的劳动。他肯定会有片刻觉得无比的轻松，害怕与懊悔是后来的事情。如前所说，我那个孩子的故事其实发生在他死亡之后。他活着的时候，几乎没有故事，村人们对他记忆淡薄，只是说这孩子禀性宽厚，为人仁义，待那老人亲如儿孙。在他死后，有关于他与老人神秘的奇缘之说在乡间流传，在孩子死后第三个七天，那老人安然长逝，三七是死者的回眸之时，召唤了老人前去会合。老人和孩子的传说本可以很优美，可是轮回之说却平添一股阴森之气。后来，孩子成为一名英雄，老人与孩子的关系才有了明亮的色彩，成为一幅尊老爱老、舍身救人的图画。从此，乡间成了英雄的故乡，人们从四面八方来到这里，村庄有了直通城镇的公路。这孩子以他的生命换来了乡间的繁荣景象。为孩子树碑立传成为热爱文学的青年们争先恐后的事情，当有人去采写孩子与死亡作斗争的一页时，才发现孩子的创口在当时没有受到负责的治疗。这几个人很想以此掀起一场轩然大波,好立惊世骇俗之说。可这个念头被悄然制止,这将使一个光辉的学习英雄运动变成了一桩阴暗的社会事件。就这样,这小草般的生命的冥灭,演绎出辉煌的故事,并且越演越烈。

这个人和他的同伴们,为汤英伸奔走呼号,他们甚至活动到使原告撤诉。他们说,世间应当有一种比死刑更好的赎罪方式,要给罪人们新生的机会。在那些日子里,汤英伸的案件妇孺皆知,人人关心。关于案件的判决一拖再拖,给予人们不尽的希望,汤英伸的命运成为了一个悬念,寄托着人们心中最良善的知觉。诗人们提出"难以言说的宽爱";教育家提出"不以报复的方式";政治家提出"人文的进步";历史家提出"优势民族与弱势民族的平等";人们说:"可怜可怜孩子,枪下留人!"这是一幅如何激动人心的场面。由于这个人投身其间,甚至处于领先的位置,使得这场运动与我有了一种奇妙的联系,我与这个从未谋面的少年似乎有了一种类乎休戚与共的情感。而我是在一年之后才得知关于汤英伸的消息,这时候,一切都有了结局,我只能在想象中体验着令人心悬的过程。这时候,关于我的孩子已有了许多纪念与学习的文章。孩子们吹着队号,唱着队歌来到乡间,过一个庄严的少先队队日。队日已成为乡间最经常的事件,一听到号角声声,人们便说:孩子们来了。这孩子的死亡时间把我吸引到了乡间,我已经有了相当的阅历,我的阅历告诉我,这事件中有秘密,这秘密非同寻常,我决心着手调查这秘密,我意识到调查这秘密于我事关重大。后来的事情证明我颇具先见之明,孩子的死亡事件于我恰成契机,它以一个极典型的事例,唤起了我对我的中国经验的全新认识。我的中国经验在此认识之光的照耀下重新变成有用之物,使我对世界的体验更上了一层楼。我的经验由于孩子的死亡事件的召唤,从那些淹没了我的、别人的经验中凸现出来,成为前景,别人的经验则成了广阔的背景。我的经验不再是个孤立的事件,而是有了人类性质的呼吁和回应。我就像个旅行中人,最终找回了我的失物,还附带有关部门的赔偿。我的经验走过那一个从有到无,再从无到有的路程,改变了模样,有了质的飞跃。这就是后来使我名声大噪的《小鲍庄》。

《小鲍庄》的故事刚刚在稿纸上开始了头一行的时候,我就明白做一个聪明孩子的时候到了。关于做聪明孩子的愿望几乎已被我淡忘,这时想起它来,心里真是无比欢喜。以后的道路一直很通畅,做一个作家的命运几乎不容怀疑。旅居美国已成为我经验的一部分,使我的中国经验有了国际性的背景。就是在我踏上访问欧洲的旅途的这一天,枪毙汤英伸的枪声划破了寂静的黎明的天空,汤英伸的故事正式结束。这个人和他的伙伴们的善心,没为这少年挽回生命,只给他整整一年焦灼和受尽希望折磨的时间。汤英伸受毙时掌心里紧握着十字架,神父曾对他说:"凡祂交给我的人,必到我这里来。而到我这里来的,我必不把他抛弃于外。凡祂交给我的,叫我连一个也不丢失,并且在末日,我要使他复活。"这与其是安慰汤英伸,毋宁说是安慰这个人和他的伙伴,因此他们以"汤英伸回家了……"作最终的文章的标题。我是个现实主义者,任何虚妄的许诺都不会使我动心。现时的问题缠绕着我的头脑,日里夜里我都在作一些可行而见效的计划。访问欧洲是快乐的旅行,我已具备旅行的经验,不再会发生遗失的事件。即使发生我也不会惊慌失措,我深知"塞翁失马,焉知非福"的道理。我很注意吸取我所需要的东西,舍弃我不需要的东西。我还会约束不适应给我带来的骚动心情,调节心理的平衡。我过后才知道,在我踏上快乐旅途的那一日,是汤英伸的死日,那是一九八七年五月十五日,这个人的希望在这一天告终。他的失望无疑对我也是有影响的,我很想对他说:这,就是人间。我还明白了一个事实,从此以后,我与他这两个海峡两岸的作家便分道扬镳。我与他的区别在于:我承认世界本来是什么样的,而他却只承认世界应该是什么样的。我以顺应的态度认识世界,创造这世界的一种摹本;而他以抗拒的态度改造世界,想要创造一个新天地。谁成谁败,可以一目了然。

我们同是号召要救救孩子的鲁迅先生的后辈,他去救了却没有救成,而我压根儿没有去救,因我知道我想救也救不了。我们俩的孩子都死了,这就是证明。可是这个人的哀绝却缠绕在我心头。他的告别的那一个挥手的背影,令我有一股哀绝的悲壮之感。这是在我成熟的年头,这样的年头,已很难崇拜谁或者仰慕谁,这年头缺乏精神领袖,是最孤独的年头。我力图排除一切的影响,要建立自己独一无二的体系,我否定有谁曾经或者将要指导我。我不免有些趾高气扬，目中无人。我一点点没有意识到危险已经潜伏下来，正伺机待发。只是我尚有自卫的本能，那便是在我心底的深处，维护着对这个人的怀念。我所以冥冥地维护着对这个人的怀念，是因为我预感到了什么吗？我预感到我所身处的那一个成功之圈，其实是一个假象？我还预感到假象终会拆穿，真相将要来临？我预感当真相来临的时候，对这个人的怀念可以使我勇敢地直面并超越？我对这个人的怀念究竟是什么呢？是不是有些和信仰类似呢？而我又怎么可能会有信仰？

信仰这样的东西，是如灵魂一样，与生俱来，而我只有一些后天的原则，告诉我要这样做，而不要那样做。我所以遵循原则，是为了避免遭到损失，损失会令我痛心。我的诚实的天性，使我对人坦率，因而也使人对我坦率，这保留了我对人间事物的一些信任，然而要说有信仰是远远不够的。我的信任是因人而易，因事而易，比较灵活，也比较现实。它不是那么确定无疑，不屈不挠。它有时候难免会带给我们失望，但这失望也不会太使我们受挫，我们可以调整方向，并以我们的阅历为这失望作一个注解。而信仰却是比较坚固的东西,它没有那么多的回旋之地,一旦它被决定,可说就不再有退路。它无法变通,无法折衷,它平白地取消人的自由,使人常处于两难境地。信仰这东西太庄严,太郑重,于我们轻浮的个性很不合适,如果不是与生俱来,我们就完全不必要再去背负起它来。因为它是那样绝对,不由就虚妄起来,因人间事物没有一桩不是相对存在,有什么事物是绝对的呢?那只可能是形而上的事物。在茫茫无一物的空间里,要我们相信有一个人正俯瞰我们的善恶美丑,有一个人正为我们赎罪,我们是否有罪还是一桩说不定的事情,是否有为我们赎罪的人就更无法确证,要我们做事为这可疑的存在负责,实在勉为其难。记得在旅居美国的日子里,我曾有一次叫这个人生气,如他这样的涵养与礼貌,这样生硬的语气是罕有的事情。在回想中,似乎就是在他称我"聪明孩子"的访问农场的一日。其实我是想与他讨论一下信仰这个问题,因为从学术上来说,我对信仰问题还是有着浓厚的兴趣,我自觉得在这方面的知识很不够,需要补充。为了培养对信仰的感性知识,我几次三番去过教堂,跟随不同的朋友。第一个朋友对我说，基督教中的上帝使人们相信现世的快乐，他尊重人性及人生的价值，这是一个颇通人之常情的上帝。他还举其出身的例子进行证实：佛教的释迦牟尼是迦毗罗卫国的生于蓝毗尼国的王子，基督则是木匠的生于牛棚的儿子，一是贵族，一是平民。因此，平凡的基督就使信仰这一桩事变得平易近人，成为一桩日常的事情，我们每天都可在每一桩琐细的小事里看到信仰的光辉，并且实践我们的信仰。我跟他去了两次教堂，牧师对《圣经》的解释使我觉得乏味而平庸，演讲的才能也很一般，并且带有上海郊县浦东的口音。第二个朋友对我说，世界从微观上说是唯物的，可解的，宏观上则是唯心的，神秘而不可知的，比如谁能回答出地球的第一次推动呢？这朋友是个神秘人物，他的眼睛叵测地在黑夜的灯光下闪烁。他说控制这世界的是一种形而上的力量，因此，上帝是存在的。我想，他的上帝似乎比第一个朋友的上帝更接近真意，似乎他这个上帝更像上帝。于是，我又跟他重新进入教堂，一连去了四个礼拜日，甚至还安排了与一位牧师的深夜谈话。那牧师很礼貌也很温和，态度不卑不亢，对我所有的问题，他的回答只是一句：你可常常来教堂。唯一的例外,是我直率而粗鲁地问他,在我们的文化革命中,他被赶出教堂,去做一名钟表厂的工人的时候,他是如何安置他的上帝的。他说,请不要问这样的问题。谈话就此结束,去教堂的生涯就此结束。那一日,在去往某一个农庄的大客车上,窗户外是大片大片的成熟的玉米地,我说:"我实在不懂那些人上教堂是去做什么?"这时候,汽车已达目的地,停在路边,太阳当头,蓝天无云。他忽然站起来,粗声对我说:"你多去几趟就懂了。"然后他就下了车,而我就像当头挨了一棒,有点发懵。这是什么话?我在心里对自己说。后来我就知道,这个人的父亲是一位牧师。后来我还知道,耶稣是这个人的朋友。那是在旅行的途中,就是在这个人站在电梯口背身向我挥别之后,我们各自踏上不同的旅途。我们在旅途中常常交臂而过,他刚离开这个城市,我就到了,或者我刚离开这个城市,他就到了。在旧金山的著名中国书店里,董事们说,我可以挑选几本书。在我挑选的书中就有这个人的一本自评,书中说:"面目黝黑的,饱受风霜的,贫穷的,忧愁的,愤怒的,经常和罪人、穷人和被凌弱的人们为伍的,温柔的耶稣,成了我青少年时代的偶像。"

人近中年的时候,要交一个彻心彻肺的朋友,显得热情不足,理智有余。这时候,我已进入了诗篇的第四个段落,段落大意是耶稣和信仰。其实他让我多去几趟教堂,和那上海国际礼拜堂的牧师对我的回答是同样的,可是我却对这个人偏听偏信。为了给去教堂打好基础,我就拜读《圣经》。我打开新旧全约第一页。"创世记"的第一章"神创造天地":"起初,神创造天地,地是空虚混沌的,渊面黑暗。神的灵运行在水面上。"我一下子想到马克思的《共产党宣言》,起首一句便是:"一个幽灵在欧洲游荡。"我想,马克思的写作手法会不会受到《圣经》的影响,这想法亵渎得吓人,因为大家都知道马克思是无神论者,幸而那是在一个全面开放、思想自由的时代。我还想象"神的灵运行在水面上"的姿态是否有些接近冰上芭蕾,冰上芭蕾简直美得不可思议,不像人间的形态。我头脑中的俗念过多,像这样抽象的东西,必须找到具体的对应物,才可被我理解并接受。无论如何,"创世记"还是比较对我的胃口,神将光与暗分开为昼与夜的那一行甚至使我激动。那情那景在我脑海中,像是一

个豪华的舞台,用顶灯、耳灯、脚灯,造成光和暗的效果。但是,
"创世记"过于像一则神话,当然是伟大的神话,耶稣其人于我
永远是神话人物,好比希腊神话中的宙斯,中国神话中的盘古,
于我的现实生活永远相隔了一个迢迢的隔障,好比形神之间,
永难通行。要与那个神灵的世界交往,于我是困难重重。建设
一个连接形神两界的桥梁是我有一个时期里的主要工作,我的
工具就是《圣经》,还有一些解释《圣经》和耶稣其人的书籍。我
总是勤勤恳恳地打开《圣经》,每一次都从头读起:"起初,神创造
天地,地是空虚混沌的,渊面黑暗。"然而,事情越来越接近于学
术的研究。我弄清了耶稣所代表的哲学思想,以及其哲学思想
对于西方现代化的作用,我还弄清了"基督教文化"的这一个概
念。研究《圣经》丰富了我的知识的库藏,可是,通往神灵世界
却连门也没有。

　　有一段时间里,我真的很怀念他。怀念他的这一种心情,
有时会使我觉得,开始往那个神灵世界接近了。这纯粹是一种
感受,待我要以逻辑的推理去证实和挽留其存在,这感觉便不
翼而飞,烟消云散。我如今的工作实在是一桩危险的工作,我

要想以现实的语言描绘这一感觉，失败就在眼前。可是怀念他是唯一的通往神灵世界的可能。那神灵世界使我向往，我试图沿了对他的怀念跋涉。前途茫茫，对他的怀念是唯一的指引。在我对他怀念之际还生出许多希望，我希望他在曹族少年汤英伸的受毙之后，不要消沉，不要悲伤，我希望他真的相信"汤英伸回家了"，而且旁边伴有温柔的耶稣。假如连他都不再相信了，我还有什么希望可言呢？我把我的很多的不切实的沉重的希望交托给他的背上，请他为我负着，我还没快乐够呢！我要快乐是要个没够的！我一年一年地长成，时间与经历日积月累。我无法不感觉出这重荷，我只是想脱卸掉。一旦脱卸，又觉出它与我血肉相连。谁能承担得起它呢？谁又有承起它的义务呢？现在，我算不算渐渐接近于耶稣钉在十字架上受难的真意了？我不知道。

但是有一点后来我却知道了，那就是我去教堂的生涯还将延续。那是在德国的日子里，我从南部走到北部，看见教堂我就要进，那是出于文化的兴趣。南部的教堂金碧辉煌，北部的教堂肃穆庄重；南部的教堂使人感受到天堂的热烈气氛，北部的教堂使人体验到人世的艰苦卓绝;南部的教堂使人想到热爱艺术的路德维希二世,北部的教堂使人想起推动历史的马丁·路德。德国的教堂以几个步骤来启迪我的觉悟,第一步是在巴伐利亚的乡间。我走进一个农人自家的小教堂,灰色的朴素的尖顶在蓝天绿地之间,含有一股天真的诚挚。是正午的时间,四下里静悄悄的,没有一个人,我们推开教堂的小木门,看见基督在前方的神龛里受难。耶稣刹那间变得无比接近,祂佑护着人们的小小的丰收的希望,令我心动。教堂的四壁是新近粉刷的,白而光洁,散发出石灰水的气息。我想像那一个农人打扫他的牛栏一样,打扫着这个教堂,他还在早晨或者傍晚来看望一下耶稣,他望着耶稣就好像望着他的兄弟。耶稣在我旅行德国的日子,先化身于平凡之中,似乎向我伸出了暖和的手,以祂的手牵住我的手,一步一步向前深入。然后我到了德国的北方,教堂的钟声从四面八方响起,在阴雨霏霏的天空中回荡轰鸣。紧接着鸽子飞了起来,如同凶狠的鹞鹰,扑啦啦地腾起在这城市上空,这是令人惊惧的一刻,似乎有一样看不见又触摸不着的庞然大物,以迅雷不及掩耳之势,铺天盖地而来。一股绝望掠过心头,一个声音被压抑在心底,那声音是:无处可藏,无处可逃啦! 教堂的钟声在每时每刻共同响起,有的由远及近,有的由近及远,有的雄浑,有的嘹亮,有的高亢,有的低沉。那城市的天空永远有着雨云的游行,风声浩荡而过,无数的船只沉没海底,船的残骸在海面飘荡。在这巨大的钟声里,我感到孤独无依,且厄运重重,很想牵拉一个什么人的手,就像黑夜里的行路人。可是耶稣忽又远去,祂消失在北方教堂深远的前方,祂无影无踪。我只可想象祂在伸手不见五指的前面,其实离我很近很近,我尽可以放大胆子。我就像小时候,一个人在夜里走路,我总是大声地说话和唱歌,制造一个伙伴,陪我走完孤旅。最后的去教堂是在中部的一个小镇,郁金香盛开。我在小镇住了七日,为了消除旅行的疲劳。小镇的生活很安宁,我常去的地方有三处:一处是中心的广场,广场上有日夜不息的喷泉,傍晚时,大人就带着孩子来散步,吃着冰淇淋。我常去的第二处是墓地,墓地像一座美丽的花园,我在墓地走来走去,看着大理石墓碑上的生日与卒日,心里想:这是一个老人,那是一个孩子,我想墓地就像生命终点的盛大聚会,大约这就是墓地鲜花的由来。我去的第三处地方是小镇的教堂。教堂是小镇上最古老最庞大的建筑，风格属于十三世纪中叶的歌特式，在小镇的街道上投下了大片的庇荫。每天早晨有妇女在那里作义务的清扫，下午则有人在那里默祷。我曾经无意间地闯入人们的默祷，见那都是一些年过七旬的女人。她们双手紧握，搁在前排的椅背上，望着教堂深处的耶稣。那耶稣悬挂在深远而幽暗的十字架上，长窗上的彩色玻璃将天光变成混沌的光色，缓缓地旋转，成为光柱，纵横相交，充斥于人们与耶稣之间。她们的眼睛有些哀愁，有些忧伤，却很安宁。她们与耶稣长久的凝望中，似乎渐渐立下了某种永远的契约，她们彼此都将忠诚地践约。我最后一次进那教堂，也是我最后一次进所有的教堂。至今我也没有去考察那是一个什么日子，是一个什么样的人神之间的约期。我贸贸然闯进教堂，是出于"饭后百步走，活到九十九"的习俗。我从广场走到墓地，又从墓地绕到教堂。教堂里灯火通明，坐了好些人。我好奇地在长椅上坐去一个位子，心想：将有什么好戏要开场呢？人们陆陆续续进场，有的还脚步匆匆。这时节，小镇的生活已使我深感无聊，开始期待这里能发生一些离奇的事件,好使我的旅行增添历险的色彩。这时,我的兴致勃然而起,蠢蠢欲动。人们穿了整齐的服装,表情愉快而郑重其事,就像度一个节日。有年轻的孩子兴高采烈地跑来,嘻嘻笑着。一个黑衣的神职人员在讲坛上说话,像是预报节目,因为显然正剧还在后头,他也显然是一个龙套的角色。教堂的门一会开,一会关,进来的人不断。现在我在教堂里已经很轻松也很自在,去教堂已变得稀松平常,我不再把教堂想象成庄严的圣地,或者哲学的课堂,我将它当作聚会的场所,歇脚的地方。我看看这个人,又看看那个人,这里聚集的人是我在小镇上所见过的最多的人。他们彼此都熟识,笑容满面,待人和气。他们互相用眼睛打着招呼,安安静静地等待。后来,红衣的神父出来了,管风琴响起在高大的穹顶之下。在我身后坐有一个四口之家,一父一母和两个儿子,两个儿子都是畸形,手脚扭曲,表情呆滞。当他们初进来时,并没有引起我的注意,我的注意力全在等待上,我正等得有些不耐烦。可是,当一切开始以后,我忽然觉得那两个畸形孩子的鼻息吹拂在我的后颈窝,他们在我身后呢! 我想到。我感到背上有一股力量在压迫,我忍不住回过头去。那一家四口肩挨肩坐成一排,两个孩子在中间,父亲和母亲在两边。当我回过头去,投向他们好奇的目光,得到的回答则是他们安详与友爱的眼神,那父亲和母亲向我微微笑着,我顿时也成了他们呵护下的孩子。这时,有一种感动在我心里升起。同时还有一种恍悟,我告诉我自己:看哪!这就是为什么要去教堂!去教堂的事情其实并不神秘,也不深奥,去教堂的事情其实很简单。可是,事情到此,我只弄明白了,人家为什么去教堂,我还弄明白了,人家的教堂在哪里。可是,我的呢?我又为什么要去呢?

去教堂的生涯这时候正式结束,这个人让我多去几趟的任务似也圆满完成。信仰作为一个名词,我已彻底了解,耶稣其人,我也大概了解。所有的准备都已经做好了,而那时候,我无忧无虑,一帆风顺。我样样努力都有回报,可谓种瓜得瓜,种豆得豆。这使得我轻薄狂妄,目中无人。那是一个任性孩子的快乐时光,我想怎么就怎么,谁也拿我没办法。有人对我说:你不要太开心了!我听见也装作没听见。我完全不需别人的支援,倒有许多人要我对他们作支援,支援别人的感觉无比美好,高高在上。那时候，没有人能够想到我其实正活在一个假象中，没有人预料到那假象转瞬即逝。叫我"不要太开心了"的是个女孩，她的话里充满了妒忌，她长得没我好，写得没我好，朋友没我多，她的生活很寂寞，她让我"不要太开心了"完全话出有因，情有可原。连她自己也没有想到，她的话里其实含有先知先觉。这是一个忘本的时期，我渐渐远离我那些较为沉重的经验，而获取了快乐的经验。我享受现世的成功与快乐，宣扬人的永恒的困境，这带有隔岸观火的味道。由于我关于人和世界的困境的新发现，便又享有了一次成功与光荣，这又带有鹬蚌相争，渔翁得利的味道。我在开拓个人经验的旗帜下，放弃了我的个人经验。那日子是十分的好过，我兴冲冲地过了一日又一日，毫不知晓这日子已临届终点。我完全记不起"月满则亏，水满则盈"的古训，深信不疑好景长在，好宴不散，彻底违背了事物发展的规律。于是，当那消沉的日子来临，我一无准备，束手无策，我不知道该做什么。我只是坐在那里赌气，什么都不干，等待着事有转机。

　　对这个人的怀念被我消沉的心情埋没了。情绪消沉其实时有发生,这一次未必特别严重,也许会如从前的每一次一样,安然度过。这一次情绪消沉的发作其实是长期积累,好像积劳成疾。多年来,我的生活渐成规律,或是出门旅行,或是闭门写作。这种出门旅行和闭门写作在起初的阶段有一种强烈对比的效果,动止结合。这两者起先安排得还不那么协调,互相有些影响,彼此侵犯了时间和精力。然后,节奏逐渐调整,一抑一扬,一张一弛。就在节奏协调的同时,我心里慢慢滋生出一种厌倦。这倦意其实与日俱增。我无意地夸张我的快乐,意欲使自己视而不见。我有心制造出喧嚣的空气,好掩饰内心的烦闷。我其实早就发现旅行渐渐引不起我的兴趣,近两次的旅行我都来去匆匆,盼望早日回家。回到家又很无聊,写作日益成为功课。我倦意沉沉,且又忙碌异常。我好像已经进入了轨道,脱身不去,身不由己。我一天忙到东,忙到西,心中却落寞无比。有时候,我会无缘无故地大发脾气,不吃饭,不睡觉,光看电视;或者相反,只吃饭,只睡觉,就是不看电视。我不看电视也不让别人看电视,这时候我们家便寂静得像一座坟墓。好在那时候一切照常进行,没有哪一个关节受阻。我已具备了惯性,能够在轨道中运行。运行的同时又产生新的惯性。就这样节节推进。情绪消沉的事件发生于一件小事,这样的小事时有发生,屡见不鲜。在往常的旅行季节里,我照常去旅行。我其实从心底里不愿作这次旅行,盼着早去早回。我不知道为什么,心里总是很急躁的,好像有什么东西在追赶我,使我马不停蹄,欲罢不能。我很不耐烦地提了一个箱子,箱子里马马虎虎放了几套裙子和几本签名本。这次旅行遭到了受阻的命运,原因是交通堵塞。在我生活的这个大城市,车辆增多,道路狭窄,行人大多不遵守交通规则,喜欢乱穿马路,交通堵塞是日常事件,完全不足以大惊小怪。在我后来的回想中,这个堵车事件越来越带有象征的含义。它意味着我的生活面临一次受阻与中断,它意味着我的旅行和写作相济的节奏被打乱了。惯性将我冲出轨道,我变成一颗离轨的行星,粉碎成无数的陨石,散失在宇宙之中。从此我的生活漫无轨道,迷失了目标。我应当去哪里? 做什么? 我每天都问自己好几遍,得不到回答。

堵车事件是我长期以来的一个真实的新经验。我重新一次地从实际中而不是小说创作中体验了焦急与烦恼的心情,继而又从实际中而不是小说创作中体验了迷茫与消极的心情。这时候,对这个人的怀念在黑暗中等待着我的寻找,我其实有几次险些儿摸索到了它的温暖的手臂,却又万分之一毫米之差地错过了。它很耐心地、宁静地、不出一声地等待着我的发现,而我却总是发现不了它。这时候,我是多么多么绝望,我以为这世界上没有一桩事能拯救得了我了。我奇怪我这么多年忙忙碌碌、欢欢喜喜地过着没有目标的生活,我奇怪我这么多年自以为很有目标其实没有一点目标,我还奇怪这么多年有目标的生活却像一场梦一样转瞬即逝,睁开眼睛才发现那目标是一个梦境,这个梦境醒来之后甚至没有留下一点记忆。我有时候还不明白为什么一次普普通通的堵车事件竟会对我的处境有这样致命的破坏力,它几乎将我瓦解,难道我竟是这样脆弱,不堪一击,就好像一棵外表完好、内部已经蛀空的树,霹雳一声,便将它拦腰击断。按照概率的原则,在我们这个人口日益增多,交通日益发达,因而日益拥挤的世界上,平均每个人都应当遇到一次或两次的堵车事件。所以,我的堵车事件并非偶然,而属必然了。这是我命中注定的安排,我无法回避,无论我怎样强调客观原因。因此堵车给我造成的延误时间与改变路线，无疑是循了我的命运轨道的。这是我不应该埋怨的，我总不能把概率分配给我的堵车机会推给别人，而侵占别人的畅行机会，这是不公平的，并且带有强权的色彩。我想，要渡过这次难关，首先是要承认与接受受堵的命运，然后向命运挑战，这是唯物主义者的人生态度。

这一个认识命运的过程相当漫长，我为此去作了一次国内的长途旅行。我找一些极其荒凉的地方去，乘坐了班车，在崎岖的山道上颠簸。汽车盖满了黄色的尘土，破破烂烂，摇摇晃晃，汽车里挤满了灰尘仆仆的农人。车从山的狭缝中穿行，忽高忽低，忽左忽右。在这一时期里，黄土地成了人们热情向往的地方。那些在城市里，被社会责任和生活琐事折磨得身心交瘁的人们，背了简单的行囊，穿了牛仔服和旅游鞋，来到这里，希望寻找到人生的意义。在开春的季节里，满山遍野就响起了信天游的歌声，人们一手扶犁，一手扬鞭，驱策着耕牛，在贫瘠的土地上播种。然后，信天游的悠扬的歌声便回荡在每个山坳里。信天游是一种上下句体的民歌，上句起兴，下句立题，唱的大体是爱情。哥哥和妹妹是他们对情人的称谓，体现出人类早期爱情的状况，使得城里来的文明人非常感动。如果是在正月里，便可领略到闹社火的热烈风光。人们在草也不长的山坡上，打着腰鼓，举着伞头，你唱我和，你问我答。这种质朴的欢乐可使人的心灵得到一次简化和纯化。人们在这歌声中不由会想：我们已经离人类的初衷走开得多么遥远了呀！艺术家们还到这里来寻找艺术的发源。他们收集剪纸，将剪纸中朴素稚拙的造型与现代艺术中的抽象和变形联系起来。他们采集民歌，赋予现代的摇滚节奏，在艺术上走一个大回头的步伐，顿时抛下了许多人而独占鳌头。人们丧失目标的时候，最好的办法是回到出发地再作第二次远足。怀了这样的想法，去黄土地的人群日消夜长，源源不绝。我是去黄土地的人群中的一个，我也背着简单的行囊，穿了牛仔裤。在寻找初衷的行为下，还暗暗藏着做一个现代人的念头。寻根行为的本身其实就表明了对现代人立场的坚持。"寻找"这一桩行为是在"失去"之后才发生，我们特别要强调寻找，也就是特别在强调失去。

那时候我还并不十分明白我去黄土地是为了找寻什么，我也不明白我为什么寻了黄土地作我的旅行之地。踏上黄土地后我心情压抑。那是灶火已经闹过,春耕还未开始,田野里静悄悄没有一个人,没有一头牛,也没有一声信天游的时节。满目黄土沟壑,岩壁上没有一星绿意。风沙很大,遮天蔽日。汽车"笛"一声过去,有时可见绵羊如肮脏的棉球匆匆地滚下路边的干沟,一个牧羊人站在呼啸的灰沙里,头上扎了黑漆漆的白羊肚毛巾,背上系了一个小包,里面大约放了中午的干粮。他睁着眼睛,木呆呆地望了我们的班车过去。这沟壑土地使我心情沉闷,尤其当我站在黄河边,望着对岸大片大片的黄色丘陵,如同凝滞厚重的波涛,如同波涛的化石,它们压迫着我,使我透不过气来。这全然不是令人愉悦的风景,它使身在旅途的人更感到孤寂和郁闷,而且心生畏惧,那黄土随时都有可能波涛涌起,化作黄色的岩浆,把一切卷走,无影无踪。据说,黄河总是给人怀古的心情,可使人想起列祖列宗以及列子列孙,变成历史中承上启下的一环。而我那时站在黄河边,却感到从未有过的孤独,我觉得天地亘古只有我自己,没有人陪伴我,没有人帮助我,谁能帮得了我呢?历史在书本上还可见其声色,到了黄河边上,一切进入茫然之中。我那时候发现,到黄土地来寻根真是一句瞎话,纯是平庸的艺术家们空洞的想象与自作多情。而我的选择又盲目又带有趋时的嫌疑。我顿时变得无根无底,像个没娘的孤儿。为了寻根,反而失去了根,这难道是我黄土地之旅的结果?后来,有人建议我去抽签,抽签就像是剧情的预告,这使命运变得有些像戏剧。我觉得不可不信,也不可全信,但这确是一个不坏的旅游项目,所以也就欣然前往。

那是去佳县的日子,那天的印象至此已经混淆,什么是前,什么是后,我有些动摇。不管怎样,关于佳县这地方,我想来个内容简介。据志书载,宋元丰五年,北宋王朝在此修筑佳芦寨,以防范西夏侵入,这便是今天的佳县。它矗立于山头,四面悬崖峭壁,高临黄河。从此,宋、夏、金在此激烈争战一千年。这里的风景确实壮观,它唤起人们对古典战争的悬想。在古代,人们利用天然的屏障为战争的工事,因此,所有被选择作战场的地方全都雄伟险峻,气势凌然。现代的战争再不会留下如此壮阔的舞台了,现代战争也不再有浪漫主义的气氛了。在佳县的那一日正是个大风天,风声叫人想起了铿锵的兵器声,黄沙漫卷,遮天盖地,想象战争场面激动人心,热血沸腾且确保安全。我至今已记不清看城墙和抽签谁先谁后,这两桩事合在了一起,变成了同一桩事。只记得看城墙是在回头的路上,我们走下佳县居高临下的街路,走到黄河边上。去的时候我们没有注意,我们是穿过了城墙,墙洞犹如深长幽暗的隧道。我们走出城门去看黄河,这是无数个看黄河的日子里的最后一个。当我们从黄河边回来,转身的那一瞬间,佳县的城墙陡地出现在眼前,我忽然无比清晰地想到一千年的战争。一千年这个漫长的数字跳上我脑海,战争这个宏伟的名词跳上我的脑海。一千年的战争是什么意义哪! 我问着自己。我望着黑压压的巍峨的城墙默然无语,城墙与天空连接的那一个刹那令人激情涌动,城墙与峭壁连接的那一个刹那也令人激情涌动,悲歌动天撼地,绵绵不绝。这时候,我似乎已经抽过签了,签上的文字在这一时刻响起在耳畔。那是在黄河崖腰上的一个宋代荒寺里,一个看寺的老人为我摇着签筒,他嘴里喃喃地说:这是远道来的客,这是从很远很远的上海来的客——他的声音忽然使我自感孤零,我想我是个逆旅中的客,我想人的一生其实都在逆旅中而且是很远的旅途。老人让我跪在案前，那是一个很小而偏僻的寺，临了黄河，风声呼啸，老人的呢喃带有一股宿命的悲怆的意味。他说：这是远道来的客，有什么不懂规矩的地方，请多多原谅。我顿觉自己成了一个孤独无依的孩子，我这个孩子在这世上艰难重重，一步一个坑，我的眼泪充满了我的眼睛，佳县的城墙陡然竖起在了眼前。我忘了抽签和城墙谁先谁后了，城墙的上空，足有成千上万只野鸟在飞翔，遮蔽了天空，杀戮声贴地而起，"一千年的战争"这一句话在我脑海里轰响，这是人类的命运吗？山河其实是战争的工具，它料定人类必须战争吗？

当我写这诗篇的时候，海湾战争刚刚结束，这战争正合了十五世纪的大预言家的话：人类将为黑色液体而战。和平就好像是战争中的休憩，犹如山和山的缝隙。这时候，怀念已经充斥了我的身心，我心里已经平静下来，回到了以往的日常生活之中。表面上似乎一切如旧，实际上事情已经大不相同。在夜深人静的时候，是我思想飞翔得最为遥远的一刻，我会想起我有一位朋友，他写过一部诗篇。在诗篇中，他将一条河流作为他的图腾，以一个现实的故事象征。我读了那诗篇横加指责,注意力全在那个现实的故事,说这写的不对,那也写的不对。其实这故事对不对是另一件事,重要的是这故事后面的图腾象征。而我这一个现代人完全不明白什么是图腾,图腾有什么用。那朋友从旁听来我的批评,这批评经人加工且又似是而非。从此,他就与我绝交。他想他从血管里流淌出来的诗篇竟遭我这样践踏;他想在这个逐利的世界上,有多少人舞文弄墨,做着文字游戏,这些游戏这样五光十色,绚丽多彩,掩埋了真正从血管里流淌出来的诗篇。在这样的夜晚,我检讨着自己,可是也心生委屈。我想,我并不属于那些游戏的朋友,我也珍视血管里流淌的东西。可是血管里流淌的东西有浓有淡,有深有浅,有多有少,有的像火一样可以燃烧,有的却像水可以扑灭火。凡是从血管里流淌出诗篇的人都应结为伙伴,而不应互相误会,互相生气。我还想到图腾这一样东西,我想如何才能找到图腾? 后来我明白,寻找图腾,只有一条途径,那就是:需要。我猜测这个朋友需要图腾开始于什么时候? 我对他的经历一无所知,我不知道他经历了一些什么,这于我最终还是一个谜。他已经去了很远的地方,飘洋过海,留下一些诗篇今后还将再留下诗篇,这些诗篇包括有两种话题,一种现实的,另一种则不是现实的。非现实的那种隐藏在现实之中,有些扑朔迷离。人们愿意接受那个现实的话题,因为它近乎情理,接近现实,比较好懂。而那个非现实的话题,由于它超越了常人的理解力,比较艰涩,比较困难,而它的藏匿却为那个现实的话题增添了神秘的美感。这一时期他的诗篇引起人们广泛的兴趣。人们争相解说,你说你有理,我说我有理,热闹非凡。他是那一个时期最最令人注目的诗人,关于他的诗篇有无数种诠释和理解,面对这一切,他的回答只有两个野蛮的字:"我操!"后来,他似乎有些按捺不住,那个现实的象征的话题逐渐简化,而那个非现实的被象征的话题渐渐水落石出,最后,那个好懂的话题终于退身而去,只留下那个艰涩的非现实的话题。他的诗篇失去了人心,人们觉得他丧失了才能,甚至他自己也觉得他丧失了才能。可我知道,他的诗篇有无穷的才能,他的诗篇全是他血管中流淌出来的东西,装饰物几乎不存一点,那是可以燃烧的诗篇,所以那也是危险的诗篇。他的诗篇实在很不好懂。那里诠释他最最隐秘的个人的事情。我研究至此,只有一点发现,那就是它的现实的话题是母亲,而非现实的话题则是父亲,"父亲"是他给予那条河的最崇高最血脉相连的名称。这是我了解他为什么需要图腾的唯一线索。后来,我也有了这种需要;后来,我明白我去黄土地,其实就是为了这个需要。可是我是一个在近代城市长大的孩子,我满脑子务实思想,我不可能将一条河一座山作为我的图腾,我的身心已经很少自然人的浪漫气质,我只可实打实的,找一件可视可听可触觉的东西作我的图腾。我还需有一些人间的现实的情感作为崇拜的基础。因此,我去黄土地基本可说是失望而归。回来之后,我的心情并未得到多少改善,甚至还更糟糕,我的郁闷、焦灼似乎更加强化与加剧,我变得很容易激动,情绪忽高忽低。后来,我知道,其实这便是去黄土地的效用,这效用的内容是感动。这也是这一段落的题目。

我的心如同板结的地块,受了震动。我后来回想,黄土地给予我的感动其实又深又广。感动这一种情结已经离开我很久。生活在小说的世界里,我生产种种情感,我已经将我的情感掏空了,有时觉得自己轻飘飘,好像一个空皮囊。当我在现实中遇到幸或不幸,我都没有心情为自己作一个宣泄。我的心情全为了虚拟故事用尽了。我没有欢乐,没有悲哀,我有的只是一些情绪的波动,比如着急,比如恼火,比如开心,比如伤感,这只是一些生活的佐料,不会伤筋动骨。现在,我内心渐渐地被一些不快的情感充实了。最初充实我心中的是不快的情感,是因为不快的情感具有极大的冲击力,它们可冲破板结的地块。我轻松了许久,最初的充实使我感到不堪重负,我难免要夸张我的不快情感。夸张的不快情感使我心生怜惜,这是一个自怜自艾的可悲的小家子气的时期。黄土地的功绩在于击碎了我的这种蹩脚的自怜情绪,它用波浪连涌的无边无际无穷无尽无古无今的荒凉和哀绝来围剿我的自怜,最后取得了胜利。至此,对这个人的怀念的一切准备,已经成熟。我们走过了"三角脸和小瘦丫头","看美国足球","做聪明孩子","耶稣和信仰","感动"这样五个段落,来到了终结部分。

终结的部分又像是开头的部分,因为没有这部分,以上所有段落都不会存在,事情似乎就是这样开头的。有一天,记得是冬天里一个作雪的阴霾的天气,有人打电话给我,说这个人正在虹桥机场的候机室。他本来是飞往北京，由于天气关系，中途在这里降落，不知什么时候才能起飞，他对那人打听我。那人为了找我的电话，花费了很长的时间，我感到一阵剧烈的心跳，想与他通话的念头忽然无比强烈。我立即查询虹桥机场候机室的电话，114查询台总是忙音接着忙音，我几乎绝望。我打电话给所有的朋友，问他们是否知道机场的电话，回答均是不知道，然后说帮我去打114查询台。我所有的朋友在这一时刻一起打114查询台，我们完全忘记了结果是大水冲了龙王庙，自己人犯了自己人。但这一刻一定是无比的壮观，几十个朋友同时在打114，114这一时一定如同开了锅。最后我终于得到虹桥机场候机室的电话，电话打进去，回答说这个人的飞机刚刚起飞。我不知道这样阴霾浓厚的天空里是否还能飞行，也许阴霾之上竟是阳光普照。放下电话，我竟然很平静，我忽然想到一个问题，假如他在，第一句话，我应当说什么？从这日起，我一直在想，见了他，第一句话说什么。我知道他十日以后还将来上海，那时候，第一句话说什么？我感到这真是困难的一刻，我简直有些知难而退。我想这一刻一定有些难过，还有些害羞。我记起我曾经托那个外国人带给他一盒录音带,我在那录音带里说过想念他的话;他还写过关于我的文章,题目叫做"想起王安忆"。一想起这些,便觉得见面的一刻困难重重,窘迫万状。可是,日子一天一天逼近,见面的这一天即将来临。

相隔整整七年之后的重逢总带有戏剧性的色彩,在这戏剧性的一刻中,我应当有些怎样出色的表现,才不会辜负这重逢?我难捺激动的心情,一想到即将到来的重逢,便心跳加速,手足无措。这一刻所将发生的似乎不仅仅是重逢,是比重逢更为重大的什么事件,那是什么事件呢? 我一无所知。我一无所知。我只觉得我等待这一时刻已经很久很久,我积蓄起许多需要和情感作这等待。我还觉得我切切不能失去这一刻,即使困难重重,我也要于千钧一发之际攫住这一刻。等人是一件最令人着急的事情,它像火一样,烤干了人的所有耐心和信心,使人口干舌燥,坐立不安。关于等人有许多诗篇,写到《等待果陀》终告完成。《等待果陀》最终是根本没有果陀这一个人,将"等待"这一桩苦事写到了尽头,同时,"等待"其实就悄悄消失了存在,好像负负得正。现代的观念常常走这样一条自圆或自封的道路,走到了绝处,最终是回到了起点,这也类似有就是无、无就是有的中国哲学。而我的等待是古典的等待,我所等待的确有其人,确有其物,我也一定能够等待到他,或它。因此我就能坚持不懈,不屈不挠。

他到上海的那天大雪纷飞。上海是极少下雪的城市,这又是个暖冬。大雪来得很突然,接连十天阴霾天气过后的第十一天,早上,睁开眼睛,已是一个银白的世界,太阳高照,晴空万里。这天早晨,我忽然想起这个人所居住的岛上,四季如春,永无下雪的日子。为了看雪景,他们必走很远的路,爬很高的山,去看那山顶上的积雪。现在好了,这个人可看见新鲜的雪了,我欢欣地想到。新鲜的雪就像鲜花一样,转眼即逝。可是这个人,赶上了。从这天的早上,一直到这天的深夜,我一直在往他住的饭店打电话。我这回采用的和上回万炮齐轰的打法不同,是以点射的战术。我每隔三分钟,便往那饭店打一次,开始是他没到;后来他到了,可是去餐厅吃饭了,还没有住进房间;后来他的行李进了房间,人却出门了。这一天,他的节目排得很紧,有宴会,有记者招待会,有参观,有访问。后来,我终于查询到了他的房间号码,于是我的电话每隔三分钟就在他的房间里响起,他的房间空无一人。我还知道了他们隔日就要离开上海,留给我们重逢的时间一分少似一分。而我铁了心,我决心要于千钧一发之际,将这一刻攫住。这一刻对于我的重要性,一分胜似一分地呈现出来。午后,太阳被新积的云层遮住,有一层新鲜的雪飘撒下来,将夜间的旧雪盖住了。我守着我的电话,裹着毛毯,抱着热水袋,每隔三分钟拨一次电话。接线员早已辨出我的声音,一次一次地将我的电话接到他的房间。我有些恶作剧似的,好像一个秉性顽劣的儿童,明知故问地,一次一次给空无一人的房间打电话。每一次拿起电话,心里就一阵紧张地想:第一句话应当说什么。听见那铃声徒然地空荡荡地一遍又一遍响,我便松了一口气,因为这困难的一刻又推迟了三分钟。我一遍又一遍地拨那已拨得熟透的号码时,我不由地想起那位绝交的朋友,几次三番,长途跋涉去看那条河的情景。我想,其实我们所寻找的东西是同一件东西,可他的路程要浪漫得多,背着行囊,徒步行走,像一个浪迹天涯的游子。而我一遍又一遍拨着那七个号码,诗意全无。在这个熙熙攘攘,人头济济的城市里,寻找一个人是多么困难啊!

见面的一刻非常平静,犹如分手的一刻。我们很快就找了个地方坐下,他问道:说说看,分手以后的情况。分别的七年时间忽然凸现出来,眼泪塞住了我的喉咙,可是我觉得非常非常害羞,我强使自己做出平淡无奇的样子,却语无伦次。我想这七年中的事情怎能说得清楚呢? 那是说也说不清,说也说不清的。对这个人的怀念,就在这一刻内,迟到地觉醒,充满在我意识中,成为一个理性的果实。他等我说完,就开始告诉我,他在这七年中的事情。他在这七年中做的事情里最新的一件是关于"花岗惨案"。在我们的《辞海》中,关于"花岗惨案"这样写道:

抗日战争时期,日寇将大批被俘的中国士兵和强征的中国工人押至日本做苦工。1945 年 7 月,在日本秋田县花岗矿山的中国劳工九百多人,因不堪虐待,起而反抗,惨遭杀戮,死五百六十人。

这个人说,当年亲历花岗事件的人还活着,他们分布各地,他们永远难忘那惨烈的场景，那惨烈的场景使他们这一生食不得安，寐不成眠，他们携带着这沉重的记忆度着余生。他们的儿孙不明白他们为什么总是这样郁郁寡欢，并且紧张戒备如惊弓之鸟。他们的经验越来越被时间隔离，他们开始还逢人就说，可是人们逐渐心生厌烦，使他们自觉得很像鲁迅笔下的晚年的祥林嫂，口口声声"阿毛""阿毛"，老调常谈。他们渐渐地就变得缄口无言，即使和他们最亲密的人，他们也沉默寡言，郁郁寡欢。没有人知道他们心中的那一个惨烈的场面，没有人知道他们怀了那惨烈的记忆，度日很艰难。人们被几十年的和平景象冲昏了头脑，被和平的日子麻痹了心灵，以为世界大同的一日即将到来，一切可以既往不咎。既往不咎的一日是神圣的一日，人类进入这一日尚有漫长曲折艰苦的道路。那时候，人类将洗净污泥浊水，经过血与火的洗礼，敲响送旧迎新的钟声，那钟声响彻天宇。既往不咎不是遗忘，假如要将既往不咎当成遗忘，那就铸下了大错，那就要走上歧路，将真正的既往不咎的日子推迟，再推迟。遗忘是多么可怕，许多无耻与轻薄都来源于遗忘，罪犯们就会趁了遗忘的时机，在这既往不咎的幌子底下，躲在阴暗的下水道里,篡改了历史。他们一步一步地来,先在孩子们的教科书里悄悄地将"侵略"改成"战争"这类中性的词,孩子们将永远不知道他们的祖先的罪行,以为世界上本没有罪恶二字,有的只是光明。他们因为没有黑暗作对比,就无法懂得什么叫光明。他们的世界就像最初的世界:地是空虚混沌。他们就再要将人类走过的犯罪与受罚的道路从头走一遍。"花岗惨案"的幸存者越来越少,他们有的死于病,有的死于老,有的死于病老交加。病和老是"花岗惨案"留给他们的纪念。每当死去一个人,他们就觉得自己少了一名兄弟。有关这事件的记载虽然进入了我们的近代史教科书和《辞海》,可是文字是那样隔膜,那样表情漠然,它无意地淡化了事情的真相,人类的苦难全淡化于文字之中,一件又一件,这是多么危险的事情啊!

于是,对这个人来说,"花岗惨案"变成了一件十分紧要的事情。他将这一事件变成一部戏剧,并且扮演其中的角色。他们自筹资金,终于排练上演。他在台上,看见台下有掩面的老人,他们掩面而泣,肩背抑制不住地剧烈抽搐,眼泪从指缝间一泻如注。他还看见有掩面的青年,这时候,他不觉也掩面了。

他想：这是希望。他多么感激这些孩子呀！我不知道这个人在舞台上是什么景象，是不是有些像这人的父亲走上乡村教堂的讲坛。在这父亲宣讲福音时，这儿子在宣讲灾难。无论是这父亲还是儿子，我都怀念。这父亲和这儿子讲说的其实是同一件事：当人们在灾难前睁开眼睛的时候，福音就来到了，好消息就来到了。我听他讲述他的事情，心里很平静，眼泪不再哽塞我的喉咙。那已是第二天的凌晨，零点的时候，再过六个小时，他的飞机就要起飞了。我忽然想起了一句题外话，那就是：我终于在千钧一发之际将这重逢时刻攫住了。我听他讲着"花岗惨案"，好像一个小学生在听历史课。我一点也没有感到奇怪，为什么在分别整整七年之后，在又一次分别之前，这一宝贵的时间里，我们要说着这个陈年老调。"花岗惨案"是一整个抗日战争时期中的一个小事件，它与这场战争的发起与结束都无关。它还是我国与日本国一整个外交史中的一个小事件，我们去追念这事件，几乎没有一点经验与材料的基础。然而，我们既没有重温七年之前在一起的快乐时光，也没有诉说分别之后互相惦念的心情，我们甚至提都没有提那个在我们中间传递过消息的外国人,我们还没有说彼此写过一些什么小说,这些小说是否重要,我们似乎忘记了我们是海峡两岸的两个作家,我们只说"花岗惨案"。在他走后,我认真翻阅了材料,在《辞海》找到了以上那一小条,我读着这几十个文字,却忽然地想起这人的父亲在他远行之际对他的嘱托:"孩子,此后你要好好记得:首先,你是上帝的孩子;其次,你是中国的孩子;然后,啊,你是我的孩子。"我想,这大概就是一个人在一个岛上,却能够胸怀世界的全部秘密了。

我走出大门,门外是一个上海难得寒冷的冬夜,雪已经停了,地面结了冰。我回身朝他挥了挥手,他忽然举起双手,握成了拳,向我作了一个鼓舞的欢乐的手势,我哭了。我不知道这人所做的事情能否对这世界发生什么影响,我不知道这个世界能否如这个人所良善愿望的那样变化,我只知道,我只知道,在一个人的心里,应当怀有一个对世界的愿望,是对世界的愿望。眼泪不知什么时候流了下来,又冻在我的脸颊上,我知道这是欢喜的眼泪。我心里充满了古典式的激情,我毫不觉得这是落伍,毫不难为情,我晓得这世界无论变到哪里去,人心总是古典的,我想,我终于明白了我那朋友找寻的那条河的含义,那河就是他血管里流淌的东西,那河就是他血管里流淌的源源不绝的东西。我也终于明白了,我也正在接近于朋友的河一样的东西。要说有所区别,那就是,那条河是过去,我找到的则是未来。未来其实也和过去一样给予人生命,与人血脉相连,给人以血管里流淌的东西。寻根已无法实现,我这一个孩子,无根无底,我的父亲和我的母亲都是孤儿,作为这现代城市的居民,我只可到未来去寻找源泉。我的源泉来自于对世界的愿望,对世界的愿望其实也发生于这世界诞生之前,所以这愿望也是起源,如《圣经》所记,"神说,要有光,就有了光。"我觉得从此我的生命要走一个逆行的路线,就是说,它曾经从现实的世界出发,走进一个虚妄的世界,今后,它将要从虚妄的世界出发,走进一个现实的世界。我不知道我的道路对不对头,也许是后退,也许前边无路可走,也许走到头来又绕回了原地,也许仅仅是殊途同归。我不知道命运如何,可是我却知道,无论前途如何,我已渡过了我的生命的难关,我又可继续向前,我又可欢乐向前。我还知道,无论前途如何,这是我别无选择的道路,我只可向前,而不可回头。我要上路了,我看见他举起双手,握成拳,向我兴高采烈地挥舞着。呵,我怀念他,我很怀念他!

1991 年 3 月 20 日——1991 年 4 月 3 日

附录一

英特纳雄耐尔

1983年在美国爱荷华州聂华苓家。后立者茹志娟,右陈映真,前左二保罗·安格尔(聂华苓的先生,美国著名诗人),前左三陈映真夫人陈丽娜,前右二聂华苓,右一王安忆。

一九八三年去美国，我见识了许多稀奇的事物。纸盒包装的饮料，微波炉，辽阔如广场的超级市场，购物中心，高速公路以及高速公路加油站，公寓大楼的蜂鸣器自动门，纽约第五大道圣诞节的豪华橱窗。我学习享用现代生活：到野外Picnic，将黑晶晶的煤球倾入烧烤架炉膛，再填上木屑压成的引火柴，然后搁上抹了黄油的玉米棒，肉饼子；我吃汉堡包，肯德基鸡腿，Pizza——在翻译小说里，它被译成"意大利脆饼"这样的名词；我在冰淇淋自动售货机下，将软质冰淇淋尽可能多地挤进脆皮蛋筒，每一次都比上一次挤进更多，使五十美分的价格不断升值；我像一个真正的美国人那样挥霍免费纸巾，任何一个地方，都堆放着雪白的、或大或小、或厚或薄、各种款式和印花的纸巾，包括少有人问津的密西西比荒僻河岸上的洗手间——这时候，假如我没有遇到一个人，那么，很可能，在中国大陆经济改革之前，我就会预先成为一名物质主义者。而这个人，使我在一定程度上，具备了对消费社会的抵抗力。这个人，就是陈映真。

我相信,在那时候,陈映真对我是失望的。我们,即吴祖光先生、我母亲茹志鹃和我,是他有生以来第一次,面对面看到的中国大陆作家,我便是他第一次看到的中国大陆年轻一代写作者。在这之前,他还与一名大陆渔民打过交道。那是在台湾监狱里,一名同监房的室友,来自福建沿海渔村,出海遇到了台风,渔船吹到岛边,被拘捕。这名室友让他坐牢后头一回开怀大笑,因和监狱看守起了冲突,便发牢骚:国民党的干部作风真坏! 还有一次,室友读报上的繁体字不懂,又发牢骚:国民党的字也这么难认! 他发现这名大陆同胞饭量大得惊人,渐渐地,胃口小了,脸色也见丰润。以此推测,大陆生活的清简,可是,这有什么呢? 共产主义的社会不就应当是素朴的? 他向室友学来一首大陆的歌曲——一条大河波浪宽,风吹稻花香两岸,我家就在岸上住,听惯了艄公的号子,看惯了船上的白帆。

和我们会面,他事先作了郑重的准备,就是阅读我们的发言稿,那将在爱荷华大学"国际写作计划"组织的中国作家报告会上宣读。他对我的发言稿还是满意的,因为我在其中表达的观点,是希望从自己的个人经验中脱出,将命运和更广大的人民联系起来。他特别和聂华苓老师一同到机场接我们,在驱车往爱荷华城的途中,他表扬了我。他告诉我,他父亲也看了我的发言稿,欣慰道:知道大陆的年轻人在想什么,感到中国有希望。这真叫人受鼓舞啊!从这一刻起,我就期待着向他作更深刻的表达。可是,紧接下来的事情是,我们彼此的期望都落空了。

在"五月花"公寓住下之后,有一日,母亲让我给陈映真先生送一听中华牌香烟。我走过长长的走廊,去敲他的门,我很高兴他留我坐下,要与我谈一会。对着这样一个迫切要了解我们生活的人,简直是千头万绪不知从何提起。我难免慌不择言,为加强效果,夸大其辞也是有的。开始,我以为他所以对我的讲述表情淡然是因为我说得散漫无序,抓不住要领。为了说清楚,我就变得很饶舌,他的神情也逐渐转为宽容。显然,我说的不是他要听的,而他说的,我也不甚了解。因为那不是我预期的反应,还因为我被自己的诉说困住,没有耐心听他说了。

回想起来，那时候我的表现真差劲。我运用的批判的武器，就是八十年代初期，从开放的缝隙中传进来的，西方先发展社会的一些思想理论的片断。比如"个人主义"，"人性"，"市场"，"资本"。先不说别的，单是从这言辞的贫乏，陈映真大概就已经感到无味了。对这肤浅的认识，陈映真先生能说什么呢？当他可能是极度不耐烦了的时候，他便也忍不住怒言道：你们总是说你们这几十年吃了多少苦，受了多少穷，我能说什么呢？我说什么，你们都会说，你们所受的苦和穷！这种情绪化的说法极容易激起反感，以为他唱高调，其实我内心里一点不以为他是对世上的苦难漠然，只是因为，我们感受的历史没有得到重视而故意忽略他要说的"什么"，所以就要更加激烈地批评。就像他又一次尖锐指出的——不要为了反对妈妈，故意反对！事情就陷入了这样不冷静的情绪之中，已经不能讨论问题了。

一九八九年与一九九〇年相交的冬季，陈映真生平第一次来到大陆。回原籍，见旧友，结新交；记者访谈，政府接见，将他的行程挤得满满当当，我在他登机前几个小时的凌晨才见到他。第一句便是：说说看，七年来怎么过的？于是，我又蹈入千言万语不知从何说起的境地。这七年里面，生活发生很大的变化，方才说的那些个西洋景，正飞快地进入我们这个离群索居的空间：超级市场、高速公路、可口可乐、汉堡包、圣诞节、日本电器的巨型广告牌在天空中发光，我们也成熟为世界性的知识分子，掌握了更先进的思想批判武器。我总是越想使他满意，越语焉不详，时间已不允许我啰嗦了，而我发现他走神了。那往往是没有听到他想要听的时候的表情。他忽然提到"壁垒"两个字——Block，是不是应该译成"壁垒"？他说。他提到欧洲共同体，那就是一个Block，"壁垒"，资本的"壁垒"，他从经济学的角度解释这个名词。而后，他又提到日本侵华时期，中国劳工在日本发生的花岗惨案，他正筹备进行民间索赔的诉讼请求。还是同七年前一样，我的诉说在他那里没有得到应有的回应，他同我说的似乎是完全无关的另一件事。可我毕竟比七年前成熟，我耐心地等待他对我产生的影响起作用。我就是这样，几乎是无条件地信任他，信任他掌握了某一条真理。可能只是一个简单的理由，就是我怀疑自己，怀疑我说真是我想。

事情变得比七年前更复杂,我们分明在接近着我们梦寐以求的时代,可是,越走近越觉着不像。不晓得是我们错了,还是,时代错了,也不晓得应当谁迁就谁。

陈映真在一九八三年对我说的那些,当时为我拒斥不听的,在以后的日子里一点一点呈现出来,那是同在发展中地域,先我们亲历经济起飞的人的肺腑之言。他对着一个懵懂又偏执的后来者说这些,是期待于什么呢?事情沿着不可阻挡的轨迹一径突飞猛进,都说是社会发展的规律和终极。有一个例子可说明这事实,就发生在陈映真的身上。说的是有一日他发起一场抗议美国某项举策的游行示威,扛旗走在台北街道上,中午时,就在麦当劳门前歇晌,有朋友经过,喊他:陈映真,你在做什么?他便宣讲了一通反霸权的道理,那朋友却指着他手中的汉堡包说:你在吃什么?于是,他一怔。这颇像一则民间传说,有着机智俏皮的风格,不知虚实如何,却生动体现了陈映真的处境。一九九五年春天,陈映真又来到上海。此时,我们的社会主义体制下的市场经济,无论在理论还是在实践,都轮廓大概,渐和世界接轨,海峡两岸的往来也变为平常。陈映真不再像一九九〇年那一次受簇拥,也没有带领什么名义的代表团,而是独自一个人,寻访着一些被社会淡忘的老人和弱者。有一日晚上,我邀了两个批评界的朋友,一起去他住的酒店看他,希望他们与他聊得起来。对自己,我已经没了信心。这天晚上,果然聊得比较热闹,我光顾着留意他对这两位朋友的兴趣,具体谈话内容反而印象淡薄。我总是怕他对我,对我们失望,他就像我的偶像,为什么?很多年后我逐渐明白,那是因为我需要前辈和传承,而我必须有一个。但是,这天晚上,他的一句话却让我突然窥见了他的孱弱。我问他,现实循着自己的逻辑发展,他何以非要坚执对峙的立场。他回答说:我从来都不喜欢附和大多数人!这话听起来很像是任性,又像是行为艺术,也像是对我们这样老是听不懂他的话的负气回答,当然事实上不会那么简单。由他一瞬间透露出的孱弱,却使我意识到自己的成长。无论年龄上还是思想上和写作上,我都不再是十二年前的情形,而是多少的,有一点"天下者我们的天下"的意思。虽然,我从某些途径得知,他对我的小说不甚满意,具体内容不知道,我猜测,他一定是觉得我没有更博大和更重要的关怀!而他大约是对小说这样东西的现实承载力有所怀疑,他竟都不太写小说了。可我越是成长,就越需要前辈。看起来,我就像赖上了他,其实是他的期望所迫使的。我总是从他的希望旁边滑过去,这真叫人不甘心!

这些年里,他常来常往,已将门户走熟,可我们却几乎没有见面和交谈。人是不能与自己的偶像太过接近的,于两边都是负担。有时候,通过一些意外的转折的途径,传来他的消息。一九九八年,母亲离世,接到陈映真先生从台北打来的吊唁电话。那阵子,我的人像木了,前来安慰的人,一腔宽解的话都被我格外的"冷静"堵了回去,悲哀将我与一切人隔开了。他在电话那端,显然也对我的漠然感到意外,怔了怔,然后他说了一句:我父亲也去世了。就在这一刻,我感受到一种深刻的同情。说起来很无理,可就是这种至深的同情,才能将不可分担的分担。好比毛泽东写给李淑一的那一首《蝶恋花》——"我失骄杨君失柳"。他的父亲,就是那个看了我的发言稿,很欣慰,觉着中国有希望的老人;一位牧师,终身传布福音;当他被判刑入狱,一些海外的好心人试图策动外力量,营救他出狱,老人婉拒了,说:中国人的事情,还是由中国人自己承担吧！他的父亲也已经离世,撇下他的儿女,茕茕孑立于世。于是,他的行程便更是孤旅了。

二〇〇一年末的全国作家代表大会,陈映真先生作为台湾代表赴会,我与他的座位仅相隔两个人,在熙攘的人丛里,他却显得寂寞。我觉得他不仅是对我,还是对更多的人和事失望,虽然世界已经变得这样,这样的融为一体,切·格瓦拉的行头都进了时尚潮流,风行全球。二十年来,我一直追索着他,结果只染上了他的失望。我们要的东西似乎有了,却不是原先以为的东西;我们都不知道要什么了,只知道不要什么;我们越知道不要什么,就越不知道要什么。我总是,一直,希望能在他那里得到回应,可他总是不给我。或是说他给了我,而我听不见,等到听见,就又成了下一个问题。我从来没有赶上过他,而他已经被时代抛在身后,成了落伍者,就好像理想国乌托邦,我们从来没有看见过它,却已经熟极而腻。

2003 年 11 月 26 日上海

陈映真在《人间》

《人间》的封面

引　言

　　台湾《人间》杂志于 1985 年出版创刊号,发行人为陈永善,召集人陈映真,文字编辑中的一位名许南村,这三人其实均为一人,即陈映真。陈永善是本名,陈映真为笔名,许南村则是另一个笔名,多半用在批评性文章。因此,将《人间》视为陈映真主办,大概是没有疑义的。

　　创刊号上,由陈映真撰写的"创刊的话",题目叫做《因为我们相信,我们希望,我们爱……》陈述了办刊的宗旨,是要以爱丰润社会。这个"富裕,饱食"的社会正在变得"彼此冷漠",于是,它要做的就是:"使彼此陌生的人重新热络起来",这是内容。形式"是以图片和文字从事报告、发现、记录、见证和评论"。也就是说,这是一份纪实性的刊物,然而,却有着鲜明的思想主导,使它有别于新闻报道。这些客观性质的材料,在自觉的主观意识之下,编辑成另一种现实,警醒起人们某一部分已经迟钝的视觉与感情,重组成新的视野。

　　《人间》杂志是月刊,始自1985年11月,终于1989年9月,总四十七期,四年缺一个月。这不足四年的时间,台湾的社会政治发生了急剧的转折,如《人间》这样一份重视"现场"的杂志,是无法规避反应的,因此,演变宗旨,越行越远。在初创刊的一年里,对于社会弱势的关怀占据主要部分,那些消失在现代化图景里,被遗弃的人和地方,在《人间》的舞台上徐徐铺陈。举第一期为例,创刊辞之后,正文头条为"人间灯火"栏目,文章题为《李天和叶美惠》,这题目看起来具有象征性,直接打出姓名,是立传的意思。李天和叶美惠何其人也?从屏东乡下来台北谋生的收旧货人,一对单身的中年男女,因儿女不通融,无法结成合法夫妻,只能在公寓顶层的简易棚屋内同居着,这多少是苟且的生活,却被他们过得颇有声色。就在这一期上,栏目"人间环境"里,标题《台北内湖垃圾山的小世界》,应是李天和叶美惠们同业中更下层的阶级;"人间报告"栏目,标题《我不是小丑,我仅仅是一个矮子!》,写的是侏儒的生活;"人间社会"栏目,《你是外国人吗?是。你是中国人吗?是!》,越战期间,台湾成为美军的休憩地,于是留下千余混血儿,处境窘迫;"人间封面报导"——《百分之二的希望与奋斗》,是关于山地原住民社会解体后,向平地城市迁徙,有一部分阿眉族人,在吉隆和平岛附近,名为"八尺门"的丘陵地安营扎寨,以捕捞为生计;其后,"人间访谈"栏目下,是陈映真亲自采访"八尺门"报导者关晓荣的文章:《记录一个大规模的,持续的静默的民族大迁徙》,这一主题,将在以后四期,总共五期中连续发表。还有一个栏目极为醒目,就是"人间世界报导名作选读",这一期是日本摄影家的作品:"饥饿",拍摄衣索比亚饥民,这一栏目将贫弱的关怀拓展到更广阔的空间。第一期的内容设计,可说集中体现了《人间》的办刊初衷,但在大约一年之后,情形发生了改变。

我以为最鲜明的标志是在1987年1月的第十五期上,新开一个栏目"人间历史"——在此需要说明,《人间》的栏目并不很严格,一个栏目出现一回即退场不在少数,似乎是为文章专设栏目。粗略计算,栏目名有七十多以上,却无一贯之始终,多是常开常关。在这亮相一回的"人间历史"中,发表的文章为《三十年漫漫组党路》。这篇文章的发生,源于前一年,也就是1986

年 12 月,台湾增额国大代表和立法委员的选举,民进党选票上升。文章回顾了台湾五十年代中期以后的新党运动,经历"自由中国","美丽岛事件",在 1986 年 9 月仓促成军"民进党",自此,台湾战后第一个反对党产生。就在同一期上,陈映真亲笔撰文《人间封面故事》,对封面人物,《自立晚报》总编辑颜文闩作独家专访,题目为《石破天惊》。在上年底,中正机场发生警民冲突,台湾报界同业,仅只《自立晚报》刊出事件报导,打破了台湾报禁的坚冰。紧随其后,这一期的《人间》,新开辟专栏"人间媒体",连发两篇文章,一为《当人民要掌握他们的媒体》,二为《媒体的反叛》——一切显示,台湾的政治社会,正发生着大事变,而《人间》亦将目光举向风起云涌的中心舞台。"人间灯火"的栏目渐渐停止,"人间世界报导名作选读"也渐渐停止,又有许多新栏目开辟出来,新栏目往往以专辑形式出场,同时,单纯的专辑日益增多,系列报导也增多,两者渐渐取代栏目,表明专题性质加强。可以见出,问题在变得具体和集中。在众多的主题中,渐渐提炼出主要的项目,其中犹为彰显的就是回顾检讨台湾历史,不止是历史事件本身,族群生存、两岸分离、环境损害、经济畸形,都企图从中找出根源。1988 年 11 月第三十七期,通篇为"《人间》三周年特别企划",总题"让历史指引未来",将台湾自 1945 至 1985 年的历史梳理剖析,重新认识。在此,《人间》公然表明担负历史进步的自觉性。其时,回顾陈映真"创刊的话",不禁能体会到那时期《人间》的款款温情,在社会剧变中,磨砺得越来越尖锐,而且强悍。

1989 年 2 月第四十期,《人间》杂志社进行了人事变更。陈映真以发行人身份宣布由杨宪宏任总编辑,张志贤任社长。之前不立社长,只有召集人,由陈映真担任,此时,"文字编辑"已不在版权页上刊登,于是,陈映真的职务就单纯为发行人。就是从这时候开始,陈映真的文字频繁出现,身影分外活跃。第四十四期,他独立担纲一辑十三篇的"现地报告:激荡中的韩国民主运动",接着,第四十五期,开出"陈映真专栏",看起来,他是摆脱冗务,全力以赴《人间》的采写第一线。很显著的,在新的总编辑方针下的《人间》,栏目几乎全退,替代上场的是专辑,主题重大,直入政治体制,体量也很大,每辑文章可达十数篇,基本覆盖全本刊物。在前面第二十期,有陈映真小说《赵南栋》开山的"副刊人间",连续十六期之后停辍,由副刊的文学特性辐射出来的情暖光晕,便在犀利坚硬的现实强度里中止。自此,《人间》实际已成一本政论性刊物,而陈映真也从一个作家转向社会学者。而在"陈映真专栏"仅开出三期,《人间》发行1989年9月第四十七期之后,戛然而止,终结了不足四年的寿命。

根据以上所述,我将《人间》划分为三个阶段,第一阶段从1985年11月创刊始,至1986年11月总十三期止;第二阶段自1986年12月总十四期始,至1989年1月总三十九期止;第三阶段为1989年2月至1989年9月总四十七期。逐段进行描绘,从中辨析台湾八十年代,一个知识分子群体的思想脉络与情感天地,里面就有着陈映真的身影。

第一章　人间灯火

1. 李天和叶美惠

　　我以为,无论是"人间灯火"的栏目名,还是其内容,都与《人间》创刊的主旨最贴合。在开始的日子里,这一主题发扬得极为醒目,那些贫弱的人们,从来生活在社会的负面里,此时登上场来。他们竟不像我们通常想象的那样,是卑下的,正相反,他们表情轩昂。《人间》没有滥施同情心,而是怀着敬意,并不是说他们所受对待是公正的,我想《人间》要说的是,即便在这样不堪的境遇里,他们的人生依然是有价值的。

　　在我人为划分的第一阶段,总共十三期里,"人间灯火"栏目出现十一次。在引言中介绍过的《李天和叶美惠》,副题是为"一个爱情故事";第二期上,《我的朋友范泽开》,这位老兵范泽开,流落异乡,人到中年方才结婚成家,年轻的媳妇经常出走,找回来,再出走,就在这样不稳定的生活中,拉拔着两双儿女,然后又迎来媳妇最近一次出走带回来的私生子,切莫以为范泽开懦弱可欺,他只是怜惜这女子年轻无头脑,几番原宥,终立下底线:"如果三个月内她再胡来出走,我就正式跟她离婚";第四期"人间灯火"——《阿德,加油啊!》,不良少年阿德有了妻室,向女儿发誓:"我要给你们最好的";第五期为《断臂中升起的圣歌》,主人公在"八·二三"炮战中失去双臂,没有颓然,而是以认真诚恳的生活姿态赢得人们的尊敬;第六期里《焊枪,电钻,脚踏车……》,写的是台北贫民区,靠修理日用品为营生的家庭,男孩从小帮助家中生计,练就技工手艺;第七期,《让我牵着你的手》里,大陆老兵和山地女人各有不幸的遭际,半途结为夫妻,女人要年长十一岁,又有一群儿女拖累,男人说的是:"她不嫌我,我不嫌她,刚好配成一对";第八期这一栏内,出场的是两个造琴人,和以前"人间灯火"里的阶层似有不同,他们操的是造琴的手艺,琴这一样清雅的古物,使得他们的生活有了名士的气息,可在这一个喧嚣的社会里,不也同样的孤寂和荒凉?所以,文章就叫做《叩寂寞,以求音》,如此,点亮又一隅边缘人生;第九期说的是"计程车上的艺术家",一所残障学校的美术老师,为了养家,辞职开计程车,在台北街市梭行,人世众生从车窗前流过,为他速写下来,拓宽着绘画的题材面;第十期,《在黑暗中为别人点灯》,记首位盲人大学英语系毕业生陈国诗,他用五年时间点译完成盲文《英汉汉英大字典》,文章中有一句话,可用来为"人间灯火"栏目作注,当问他:"灯光亮不亮,对你有关系吗?"回答是:"我开着灯,让朋友知道我在,我正醒着——"所以,"人间灯火"并不是从外照耀,而是华升在内里,让敛气静息的人生响起声色。接下来的第十一期,《"猪师傅"阿旭》,这一个阿旭十分的倒霉,从海滩捡来一颗枪榴弹,蛮力拆卸时爆炸,手脚伤残不说,双眼都瞎了,可这坏运气并没有挫伤阿旭风流倜傥的天性,他是"相褒"的高手,据文章描写,"相褒"就是对歌,词曲全凭即兴,即情即景,信手拈来,需要快速的反映,还有协韵的天才,阿旭一上场,全场皆欢。在第十二期"人间灯火"栏目,所描写的三重市,其实就是城乡结合部,在"牺牲农业,发展工业"的政策之下,农人从荒疏的村庄涌向城市,却又进入不了主体,便在城郊滞留下来,形成一个弱政的区域,在媒体和传闻中已成流氓、色情、犯罪的群落,而这里,却展现给人们三重另一番面目：勤劳，自信，友爱，尊严，在自行调节中建立起自己的社会。第十三期栏目中，所出示的也是这么一个被历史抛弃的角落，二十多名大陆退伍老兵，在河川地区开辟一个农场，这些无家无业的外省人，谁愿意把女儿嫁给他们，迎娶的多半是有缺陷的女人，当地人便管农场叫"哑巴农场"，"矮狗庄"，"丑人庄"，可那里也有着蒸腾的生活：媳妇串连起来主张权益，孩子们为维护自己母亲发起战争，男人们缱绻着恋恋乡情……

在"人间灯火"栏目之外，"人间报告"，"人间社会"，"人间封面故事"，这些栏目的内容，不同程度地与其相近。比如引言中提到过的"我不是小丑，我仅仅是一个矮子"，属"人间报告"，这一栏目只此一回，以后再没出现。"人间社会"栏内的越战期间美国兵留下的混血儿童命运，以后还有《望乡的矿夫》，《捆工阿荣伯的故事》，《铠钢铠钢上摩天》——南投的摩天菜园，布农族的农人们的生活变迁；第七期"人间封面故事"里的《山嵌顶的囚徒》，疯人买主生被囚在密封的小屋，只留一个小小的窗洞，窗洞外面坐着残疾人，乡党称"跛脚宗仔"，一里一外作伴，如同一对遗世的孤儿——这一节颇具"人间灯火"的光晕,所以,这些篇章虽没有纳入"人间灯火",而是以另一些特质归属于其他专栏,但可视作为旁支。在这最初的时期中,有一辑特稿,我以为典型而全面地表现了"人间灯火"的精神,那就是1986年7月第九期上关于曹族青年汤英伸案的"悲剧的背后"。

2. 不孝儿英伸

1986年1月,台北新生北路一家洗衣店里,老板、老板娘及女儿惨遭杀害,案发当日下午,警察局就接到自首电话,凶手是店内的洗衣工,一名十八岁的曹族青年,这就是汤英伸。1月9日,汤英伸离开阿里山下的家乡,去到台北谋职打工,1月25日便发生惨案,其间十六天里,究竟发生了什么?汤英伸是从报纸上看到台北"天祥西餐厅"新开张急募人工的广告,投奔而去。事实上,这则广告已在报纸上刊登一年有余,在广告标明的地址上,并没有"天祥西餐厅",相距一段距离,倒有一家"天祥",但不是"西餐厅",而是"自助餐厅"。派出所里的回答则是"天祥西餐厅"并无登记,按电话打过去,却有人接听,并说:"随到随做,带身份证来登记就行",到了那边,才知是职业介绍所。事情就这样诡异地开始了。职业介绍所的佣金为三千五百元,汤英伸摸空了口袋只有一千五百元,于是由雇主,即洗衣店老板垫付余下的二千元,加上去洗衣店上工的二百元计程车费,汤英伸正式就业之前,已经签下二千二百元的欠条。这是一个家庭式作坊,惨淡经营,汤英伸是唯一的雇工,劳动相当繁重,一日工作十几个小时,晚上挤住在老板孩子卧房的一角,可以想见心情的灰暗。于是就起意辞工回家,老板不允,因他工作八天,每天二百报酬,总共一千六百元,账轧下来,尚负老板六百元。两下里言辞激烈,很快过渡到肢体冲撞,一怒之下,失了理智,出手捅杀老板,又一发不可收拾,接连杀死老板娘及其女儿。事发近一月,台北法院以公诉案,判决死刑,被告则提出上诉。

就在汤英伸命悬一线之际,《人间》推出案件的深入报道,依从惯例,配发大量照片。那俊美的少年,天真无邪,从照片上看着我们。还有他的家人们,显见得是正直善良的人,过着本分有公德的生活。这孩子,从来乖巧,乡邻昵称为"弟仔"。案件中的凶嫌，从枯索的法律行文中显现出生动的面容，发生于旦夕之间的事故，则演化为漫长的生活，几可涉及历史渊源。

汤英伸家在嘉义县吴凤乡，"吴凤"这名字，几乎就是一个"隐喻"。在之后十一个月第二十期《人间》，为汤英伸伏法所做一栏"人间少数民族"，文章题目为《我把痛苦献给你们》，其中有诗人蒋勋的一段感言，他说："汤英伸的案件，绝不是单纯的刑事案件，多年来，达邦的曹族背负了谋杀吴凤的历史罪名……"，再后的二十二期，刊出系列专题"曹族三部曲"第一部"民众的吴凤论"，专为破除吴凤的迷信。吴凤原本是清末的台湾商人，在平地与山地之间往来买卖，传说中却成为一位汉人英雄，为和睦山地曹族，杀身成仁。这一带，设有吴凤庙，民间又有吴凤神位，再有吴凤传编入小学课本。追溯其源头，是源于台湾日据时代"理番政策"需要所虚拟的神话，又在战后为制服山地民族运动而强化扩张。不知什么原因，"曹族三部曲"只此"第一部"，并不见后续的两部，但关于台湾原住民地位权益的争取，是《人间》贯穿首尾的命题之一。汤英伸所生长的吴凤乡达邦村，是一个淳朴的山村，从专辑"悲剧的背后"线索一，《不孝儿英伸》文中,案件初审时,族人们拥在法庭外的情景就可看出。他们路远迢迢赶来,"木讷、谦恭,不住地抽搐流泪",这大约可视作他们面对着以汉人为主体的平地社会的集体表情。现代化生产与生活的方式,开放了空间,如同文中所说,汤英伸的族人集资修建公路大桥,打通了隔离屏障,外面的大世界确实有着富裕和成功的机会,问题是能不能接受它的驯化。汤英伸在嘉义师专三年求学期间,总共犯下三次大过、三次小过、四次警告,事由是自行车载人、制服不绣学号、抽烟……但嘉奖也是不计其数:才艺、田径、优秀山胞联谊会……但最终还是因为打麻将违犯校规劝退休学,然后离家赴台北,走上不归路。这些奖罚大致描绘出一个自由率性的男孩子,如何在纪律中挣扎,终于失败的经历。在此引发的教育问题,在之前第六期上曾做过一个专辑"怎样的儿童,怎样的未来",讨论现行教育损失了孩子的快乐个性,在乡间山村,那些教育制度松弛的环境里,孩子依着本性成长,却将在未来的竞争中处于弱势。汤英伸在学校生活中的遭际,已可提前反映这样的两难处境。失意的心情使得台北之行更阴沉了。很难说,在台北的不顺遂里有多少成分应归因于社会成见，与洗衣店老板冲突时，老板脱口而出的那一声"番仔"，是可窥见对山地人根深蒂固的歧视，但与所受挫折相比，亦算不上什么，不幸是发生在这个节骨眼上，汤英伸的承受力与控制力都已到了末端。他贸贸然投身进台北，这个城市的大与陌生，荒漠与喧嚣，蛮横与暧昧，对他柔软的天性几成暴虐，十数天内，"弟仔"就像换了一个人。事后有多少人扼腕，汤英伸要不来台北就好了！可汤英伸这一次不来，还有下一次；他不来，还有别的人来，谁能挡得住人们走向现代化的脚步？就像始于创刊号的"八尺门"系列报导，一个族群整体性地迁徙到基隆，为发达的都市开辟一个贫民窟，汤英伸的偶然事故背后其实是大趋势。这就是《人间》对汤英伸案报导的立场，它从这一件个案出发，进入到山地民族命运的思考，这思考在以后的《人间》，将会越来越严峻。

关于汤英伸案所引发的社会剖析还没有完。在"悲剧的背后"线索二，《隐藏的陷阱》里，专门调查台北市的佣工介绍所，有执照或者无执照的，一并剥削着外来的寻工者，为这城市的经济生产推销廉价劳动者。线索三《冰冻的春天》，是关于苦主一家的遭遇。这一个洗衣店也积蓄着台北人生计的哀戚，亚洲经济起伏，使得台湾中小企业动荡不安，胼手胝足地积累，创业，萎缩，萧条，破产，再创业……总之，从汤英伸案是可辐射整个社会和时代的不良，从某种程度说，这一起惨案是在替社会抵罪。在《冰冻的春天》的最后部分，笔者对苦主留下的两个孤儿的概况作了描写，孩子由其伯父一家收养，伯母是个心慈的女人，对两个侄儿真心的喜爱，这是惨剧中的一点温馨之意，我以为颇能反映《人间》的情怀，那就是陈映真"创刊的话"的题目：《因为我们相信，我们希望，我们爱……》。当事情已经发生，能挽回一点是一点，汤英伸终是一死，那么还有活着的人。在二十四期《人间》，"人间追踪报导"栏目中，写道汤英伸伏法四个月后，其父与苦主的父亲泪眼中相拥。汤英伸父亲将《人间》发起募捐善款中汤家应得的部分赠送于那老人，作两个孤儿的教育费，老人则表示放弃对汤家的民事赔偿，诚挚邀请道："以后，你到台北来，一定要到我家奉茶……"悲剧终于落下帷幕，在这遗世的苦难中相濡以沫，生出些许暖意，点亮人间灯火。

3. 空虚啊！空虚

《人间》所主张权益的弱小者中，还有一类更不为人们注意的群落，就是第七期中，那一辑特别报导："不敢说出口的爱"。从一辑四篇文章的题目即可了解那是一群什么样的人：《断袖的青春》，《超越在挫折与障碍之外》，《一个同性恋者的形成》，《写给阿青的一封信：不是孽子》——他们游走在城市的暗夜里，孤独地忍受倒错的情欲的煎熬，前途茫茫。卫生署正式证实台湾第一例艾滋病患者去世，其时，已有调查资料显示，艾滋病与男性同性恋者有密切关系，更增进了对这不齿的情欲的恐惧。有谁能知道他们的所思所想？他们隐蔽在人间一隅，不能像贫病孺弱得到公义的支持，《人间》却尝试着进入他们的社会，站在他们的境地了解他们，伸出援手。之后第八期上，"人间座谈"刊出"青少年同性恋现象讨论会"纪实，题为《不可儿戏，真诚之必要》，座谈的宗旨是倡导科学的态度，不以大多数人行为作规范标准强行矫正，而是"寻求一个更合理的社会价值的建立"，给同性恋者平等对待，使他们走到社会的正面。

这自古就有的特殊生理现象，到了现代消费社会，它所包含的不与主流融入的边缘性质，便被时尚攫来作元素，制成一种颓废的流行。"人间次文化"的栏目名，可说是为此作了一个命名。第二期，"人间次文化"开栏之初，写的是台北"庞克"一族，题目《空虚啊，空虚……》，那主人公小杰，是公认的同性恋者，可谁知道呢？也许他只是受这前卫性风尚吸引，怪异的装束，妖冶的作派，另类的身份，放纵的声色，离经叛道的行为——这使得空虚的精神得到归宿，但当药品不能及时提供，毒瘾发作，那崩天裂地的时刻，身体终于忤逆了表象，透露出生存的哀痛。

"人间次文化"栏目出场不多，前后总六期，相对集中在《人间》杂志的前期，描绘都市图画，以夜景为多，大约可看出《人间》视野里的都市景象。《空虚啊，空虚……》之后，第二次出场是第五期，《漂泊者之歌》，写高雄市一间卡拉OK餐厅，规模相当大，装饰华丽，价格却意外地公平，属中等消费，于是，光顾者众多。有流水线上的操作工，寂寞的陪酒女，模仿电视上歌星表演的儿童，自得其乐的老人，入夜越深，人群越杂，气氛亦越热烈。似乎沉淀在白昼里的各色欲望全聚集在这自娱自乐的歌喉中，一并宣泄出去。相隔若干期的第十一期，"人间次文化"栏内文章《招贴文化解读》，专门描写台北市街头小广告：租屋，征工，求职，售楼，色情媒介，推销商品……笔者企图从中管窥现代社会的生活方式，壅塞的又是分离的人群，局促又动荡的生计，卑微的鼓胀的欲望，像不像汤英伸彷徨其间的台北街市？这些四处张贴的小广告，包藏了隐喻，隐喻着一个完整的社会体系被解散，分崩离析成碎片。几乎是可作为对照，第四期上"人间封面报导"的文章《当一个村落从地图上消失……》，所报导的是台北县的洲后村。这是一个有着三百年历史，一千人口的宗族村庄，百分之九十九人共一姓，彼此间有着或近或远的血脉，据老人称，是乾隆中期，福建同安移民而来的家族，历经日据、光复、行政改变、工业化发展，洲后村一直保持着凝聚力。然而，在台北疏通水道的建设计划中，洲后村面临迁徙。在失地、失业的普遍遭际之外，洲后村另有一个更大的危机，那就是宗族离散。洲后村一再要求集体迁村，环境差，他们不计较损失，土地贵，他们愿意自补差价。在拉锯式的谈判中，终于还是让出旧村，各自过渡，遥遥无期地等待新村拨地，不知何时重建家园。

4. 日头要下山……

在《人间》纷繁的栏目中，有一个"人间民俗"，在前阶段的十三期中，登场四期。相比较绝大多数栏目仅出席二三次，甚至昙花一现，这样的频率就可说有一定的密度。这四期文章分别是《逐庙会而居的歌仔戏班子》（第二期），《山将入相，掌中沧桑七十年》（第三期），《日头要下山，是谁也挡不住的》（第十一期），《冈山箩筐会》（第十二期），全是报道日益萧条的民间技艺，那是从多少年多少代的社会组织形式里形成并流传下来的。台湾本土的歌仔戏，曾经有过极兴旺的景象，全省有三百六十余所戏院，如今流落在乡野草台，为婚丧嫁娶或者祭祀祝祷捧场，其间还必穿插流行歌舞；"掌中沧桑"指的是布袋木偶，文中所写王炎老师傅，自小生活于布袋戏班中，集七十年生涯，这样手工业式的艺术，哪里经得住产业化影视的洪流；就是与《招贴文化解读》同十一期的《日头要下山，是谁也挡不住的》，写的是宜兰市一个街角，现代化高楼丛中，"瑟缩着六家打铁铺子"，文中用了"瑟缩"的字样，屈抑的表情跃然而出。铁匠铺子里叮叮当当的捶打声，滋滋的淬火声，往往代表着繁荣的集市生活，在文艺复兴时期,铁匠几可是艺术家,那是多么骄人的行业,却已夕阳西下。

在"人间民俗"哀悼的传统文明逝者如斯夫背后,还有一个更巨大和彻底的颓圮,就是环境。方才说过,这是《人间》贯穿首尾的大主题,"人间灯火"中的人们,就是在这大崩塌中的小命运,以幽微的灯火去照耀,又能照亮几许?在这第一阶段的十三期中,第十期上关于杜邦事件的专辑"激流中的倒影",我以为是环境保护题目的重量级出击。面对急迫的现实,就是美国杜邦公司要在鹿岛开厂生产二氧化钛。引进"杜邦"这一项目,可为八十年代台湾带来最大一宗外资——六十亿台币,这还不算,"杜邦"还会吸引其他的外来投资,于是,视污染于不顾,也视民意于不顾。专辑总共做了七篇文章,描绘了这场反杜邦群众运动:事发起因与过程,民众领袖人物,知识分子人文思考,杜邦与台湾关系的渊源回顾,照惯例配发大量摄影图片——顺便说一句,《人间》杂志的摄影占很大比重,是为加强现场感,许多系列与专辑是由摄影人策划制作的,"世界摄影报道名作选读",亦是介绍著名的现实主义摄影家与作品,图片的写实性使人们身临其境。第十二期的"人间像"栏目里,就有一篇文章,题为《好的照片可以成就新事物》,这一特质在以后的日子里,还将形成具体的行动,比如开设摄影班,举办摄影展。《人间》不止是把摄影当作表达的手段,而是一种立场态度,就是面向现实。

　　台湾的环境是《人间》心头的恨痛,除第十期《激流中的倒影》外,之前第八期上有《核电厂就在我家后院》专辑;更前的第三期,"人间环境与生态"栏目的《水不能喝,鸡不下蛋,猪养不大》,报导台中三晃农药厂污染事实;同样的栏目在第十二期的文章为《消失的蝶道》。关于水源污染的专辑有第七期上《悲泣的河海》,报导东西岸河海在工业的扩张发展中濒临危机;第十一期和十三期,分上下两辑进行系列报导《一条河流的生命史》,上辑为穿越台北的基隆河做了一部污染的编年史;下辑呈现的是位于中部台湾第一大河浊水溪,与基隆河不同,它养育着一片肥沃的平原,依天地生息,自给自足,然而,就像那句话"日头要下山,是谁也挡不住的",外面的资本力量侵蚀进来:美国倾销进口玉米使得谷贱,农药化肥让土地板结,现代生活垃圾堆积,年轻人外流……一个自然和谐的世界逐渐凋敝,终至崩陷。

5. 德蕾莎姆姆

在 1986 年 5 月第七期上,"人间对话"栏目里,陈映真亲力访谈日本现代舞团"白虎社"社长大须贺勇。同年三月,"白虎社"来到台湾演出,十分轰动。从照片看,演出的画面极为怪诞酷烈,感官性极强的肢体和动作,似乎是要表现一种绝望。访谈中,很明显可见出陈映真的热忱,他努力要对这些颓废的图景作出正面积极的理解,他引导着受访者回应他的诠释,希望得出战后日本的现实批判以及现代主义批判的结论。而受访者则另有一辞,主张"用异物去异化现实"。陈映真继而又提出"超现实主义是你们的目的自身呢? 还是一个手段?"回答是"我们注重的是实验和创造的本身"。陈映真再进一步问:"能不能说,白虎社的意识,并没有现实改造的意图",回答是"我们不是政治家,我们是原创者"。好,那就不谈政治,谈艺术,谈白虎社舞蹈中的"残虐主题",但在陈映真,如何百回千折,终还是要回到社会现实的节骨眼,他问的是——"白虎社的'残虐主题'是否是对于二十世纪结构性的残暴的批评?"这一次受访者没有躲闪,回答"残虐"是潜藏在人性深处的激情,谈到人性,尤其是色情的部分,受访者显然兴奋起来,放松了警戒,让陈映真引到了"富裕化的近代日本人的问题",在此,访谈流畅地进行了一段。受访者接受了现代化批判的思想,当然,还是用色情的概念,"现代化使日本人在创造性上阳萎了",日本战后社会变异发展的观念也接受了,亦同意拯救的观念,依然是用色情——"一种人与大自然交媾的那种色情……"但当提出陈映真最迫切要求回答的中日战争,受访者便迟疑了。

在《人间》的初始阶段,陈映真很少亲笔而为,经统计,十三期中,总共有五次出场,前三次均在创刊号上,一是"创刊的话",二、三同为访谈,前者访问"八尺门"系列报导主持人,后者是香港影星钟楚红——这一个访谈进行得很轻松,钟楚红表现得朴素、单纯,在陈映真,当然要提出较为严肃的问题,不过也止于"九七回归",和"制度化的婚姻",钟楚红则颇解人意,说:"用我的照片做封面,可以帮你们多卖几本。"这一篇很可爱的访谈,使《人间》的气氛有张有弛,变得明快了。第四次出场就是日本白虎社访谈,之后的第五次,是在第九期,"怒吼吧!花冈"特辑里译写文章《血腥的建设》,声讨花冈惨案的始作俑者,日本鹿岛建设公司。

可以见得陈映真对日本现代舞团白虎社的重视,他努力从中挖掘出批判现代资本社会的武器,就像标题所说:"用舞蹈向'现代日本'叛变",可结果是一个问号。他的问题不是让对方茫然,就是抱审慎的态度,多少是规避的。面对如此强大的历史趋势,陈映真企图寻找反抗的力量,可是,上哪里去找呢?在那些人间灯火的光晕里,哪里隐藏和积蓄着锐度,待日可发?仁慈如德蕾莎修女——第三期的"人间封面报导",这一位获得1979年诺贝尔和平奖的姆姆,来到台湾,媒体蜂拥而至,《人间》避开了热闹,封面上的德蕾莎姆姆是背影,就好像一个清扫的女工。《人间》寻找到她的"仁爱传教会"在台湾的两个分支组织:"仁爱修女会"和"仁爱修士会",对其间两名修士做了报导。这两名修士分别是印度籍的马立德和韩国籍的林采洙,他们每周三天,来到台湾"爱爱安老院",为那里孤寡病残的老人服务,每周的另一天下午,再到麻风病乐山疗养院陪伴病人。在这篇报导中,引用了马太福音第 25 章 35 节的话——"因为我饿了,你们给我吃,渴了,你们给我喝,我赤身露体,你们给我穿,我病了,你们来看顾我,我在监里,你们来看我";文章还引用耶稣基督回答善心人的话:"这些事你们既然做在我这弟兄中一个最小的身上,就是做在我身上了。"是否可将拯救的希望寄予在这利他心上,它面向普世的苦难——在"人间世界报导名作选读"这一栏目里,我们看到的不仅是台湾,而是亚洲,非洲,东欧,美国,遍地的受苦的人,这个世界一定在某个地方弄错了,繁衍了罪行。如同上帝选择了耶稣,人世间总有人挺身被无形选择来作救赎,堪称博大,却也是渺茫的救赎。

第二章　让历史指引未来

6. 啊！美丽的台湾

1986年12月的第十四期《人间》上，开始系列报导"啊，美丽的台湾"，开篇题为《摧毁台湾圣山之美》，说的是从能高北峰向南至安东军山，十座海拔三千公尺以上的山岳，位于台湾中央山脉主脊，合称为"能高安东军"。台湾两大河系：浊水溪与木瓜溪便发源于此，怀抱辽阔的高山草原带和高山湖泊，分布无数巨木群，经历多少光阴的地质改变，形成奇峻险拔的岩形山貌，著名的旅游景点"太鲁阁"，只是一隅。"能高安东军"是当地原住民传说中的圣山。自光复以来，台湾为发展而砍伐森林、污染水源，趋势不可逆转，于是，《人间》发出呼吁，要求"能高安东军"一并纳入太鲁阁国家公园，列为"自然生态保护区"，不至摧毁在"我们饱食的一代手中"。

"啊，美丽的台湾"系列自第十四期始，至二十三期止，总共有八篇报导,依次为《摧毁台湾圣山之美》,《高山之雪:亚热带台湾的雪境》,《台湾热带雨林低地的黄昏》,《山的女儿》,《七彩湖的悲歌》,《红桧族群的挽歌》,《保卫台湾最后的原始森林》,《丹大林区砍伐现场报告》。从题目可看出台湾的地貌环境的丰饶,以及遭受毁坏的情急之态。之后1988年元月的第二十七期上,应对末篇《丹大林区砍伐现场报告》作出深入报导的专辑《来自台湾森林的紧急报告》;接着是《保卫森林的紧急呼吁》;然后,《抢救台湾原始森林报告》;再然后,《台湾森林续绝生死的关头》;再《抢救台湾森林》;再再,《抢救台湾森林》,声声切切,一总六期。可视作"啊,美丽的台湾"的后续,亦是为其激发,行动起来,介入到现实中去。专辑调查并揭发越规垦伐的个中内幕,是以私营资本与政府林务部门互通。比如,利用"租地造林办法"条文,允许租赁的造林地中,三分之一以内面积可用于粗放种植,却有意忽视租地条文的前提是低海拔山区:先出租了超规定海拔线的造林地;而后栽种果园;继而改为高丽菜园——高丽菜是生长在高海拔地区的高利润蔬菜,必得精耕细作,设立灌溉系统,大大违背"粗放"的原则,破坏了表土。面对事实,林务部门却一味搪塞。专辑一边检讨历史,七十年代台湾唯发展论的经济政策,一边再接再厉,继续勘察,暴现更惊人的舞弊,林务局档案所记更新造林基本是虚词。其时,关于台湾森林的滥伐已惊动社会,各界人士发出"十大呼吁",要求严格法规,整顿林务。就当全岛瞩目,群情激愤之际,却又发生盗林大案,政策与机构的弊端彰显于此。在《抢救台湾森林》的文末,笔者严正道:"对森林而言,统治并辖管台湾达四十三年的国府,是对不起这片土地的。"

7. 迈向工运之路

我将《人间》自 1986 年 12 月第十四期起,视作进入新阶段,可说缘于此理由,那就是,在这时开始,深究台湾历史社会,已成为《人间》的母题。"万家灯火"栏目,自此往后,断续出现六期便结束了。但这些处于社会底层的弱者,并没有完全销声匿迹,而是以另一种姿态,变身在其他栏目中。他们似乎成长起来,有了自觉性,更为积极,为争取自身权益而战斗。比如"人间社会"栏目,在上阶段出场五期,延至这一阶段,尚有三次出场,二十三期中,文章名为《真"战士",假"授田"》。文中报导的群体,是"万家灯火",也是之前"人间社会"中的主角,就是大陆老兵。他们通常是不幸的面目,远离故土,漂泊在异乡,两手空空,将就着婚配和成家,懦弱而认命地度着余生。而在《真"战士",假"授田"》中,他们却愤然而起。文章记叙了"大陆来台官兵联谊会"在 1987 年 7 月的一次会议,内容为筹划前往国民党中央党部请愿,要求政府给予公平合理的生活待遇。中央党部事先知道消息,派出社工会总干事到会听取意见。笔者详细分析了在台老兵遭际背后的历史原因,追根溯源,可追至 1945 年"杜鲁门围堵政策",资本主义与社会主义以美苏为首两大阵营形成冷战格局;1954 年,台湾正式接受美援,进入美国在亚洲的权力秩序;1959 年,美军顾问团向国民党提出精兵计划,目的是使台湾军队本土化,淡薄民族统一意识,于是,大批大陆来台士官生现役退伍。然而,由美国提供的巨额退伍费却被瞒天过海用于工程建设,代之以一张空头支票,名曰"战士授田证",外加四百元台币和少许衣物,开始了惨淡人生。筹划请愿的会议,来台老兵和社工会的沟通破裂,翌日的请愿也无功而返,然而,老兵脸上的戚容就此改成了激昂愤慨的表情。

再看"人间像"栏目——"人间像"早在第二期开张,姗姗于第十二期二度出场,而在第二阶段的二十五期内,总共有七次登场,在《人间》栏目渐趋稀疏与淡化中,"人间像"几可算得上正常了。1988年5月第三十一期,"人间像"栏中文章,题目为《罗美文和他的兄弟们》。罗美文是新竹客家人的后代,高中毕业,服过兵役,经几番择业,最后考入远东化纤总厂做工人,在上年底工党建党大会当选工党副主席。他积极参与组建工会,发动大罢工,争取提高年终奖,最终获取胜利。这一个家道中落的农户的儿子,对朋友经常会说这么一句话:"我们在有生之年,要在工作岗位上,划下一道有意义的痕迹,越深越好。"他令我想起1986年4月第六期上,"人间灯火"栏目,《焊枪,电钻,脚踏车》里的那一个少年宋文章,出生在台北贫民窟里,父亲摆摊为人修理日用品,他从小替父亲打下手,与废旧物品打交道,这些器物的毛病大多不见经传,于是他也练就一手旁门左道的技艺,以他老师的话:"技术怕都在专科生以上了",自然,对书本上的知识他就缺少热情了,学业平平。这个自小担负着家庭重任的孩子,并无远大的梦想,略微有闲一些的期望,就是参加学校救国团的寒训活动。笔者对宋文章充满了同情、喜爱和担心,不知会有什么样的未来等着他,文末写道:"在忧虑中,我焦急的渴盼着。"自学的小技工宋文章,也许有一天,会进入大工业的体系做一名操作工,那么,他会不会有着罗美文那样的未来呢?

1987年5月的十九期上,新产生一个栏目"人间劳工",先后出场四期。在二十七期上有独一期"人间工人"栏目,从名称和内容看,都可归入"人间劳工",这么算,就有五期。第二十三期栏目文章题目《迈向工运之路》,可用来概括"人间劳工"的主题。十九期开栏,是为劳动节特别企划,文章名《电视,电视公司,演艺劳工》,从四位艺人与签约公司劳动纠纷的个案出发,揭露台湾电视演艺界的侵犯权益事实;同时指出新成立的"台北市电影电视演员业职业工会"有名无实,不能伸张正义;要求电视公司根据政府公函中"电视演艺人员适用劳动基准法处理原则"的条文,确切履行,还艺人们公正。二十三期的《迈向工运之路》,报导台塑企业仁武厂区的南亚总厂颜坤泉,竞选工会理事长,在选举前夕收到公司"人事通知单",以"煽动劳资对立"而被免职,但颜坤泉不为屈服,与工友们继续努力,为劳方在工党理事会中争得绝大比例的席位,掌握了自主权。二十七期"人间工人"栏内文章《一个温暖的家,一份安定的工作》,记录的也是工运的故事,发生在高雄的造船公司,主角名刘珩。刘珩的背景与罗美文、颜坤泉有所不同,罗美文和颜坤泉均是农家出身,刘珩则是眷村第二代,但所行却同为一事,就是领导工人,建设工会。刘珩们的任务是罢免当任理事长,让工会回到工人的手里。在这一时段里,几乎遍地烽火,劳工们觉醒了,纷纷要求主张权益——七个月后的第三十四期,"人间劳工"再次登场,报导《中正机场大罢工?》,题目中用了一个"问号",是因为"大罢工"在千钧一发之际收住。风波起于中正机场独家地勤服务业的桃勤公司,经多时拉锯,劳资双方举行最后谈判,倘若谈判破裂,便举行大罢工。届时,美国、香港、日本、东南亚,多条中转航线将停运,成为国际性事件,而公司将承担各航空公司的巨额索赔。谈判的条件看起来很简单:一是清偿三十分钟超时加班费;二是十九名未缴会费被免除的会员,公司不可追补空额。第二条的内容比较微妙,这十九名会员实际是资方安插入会的人员,如此便杜绝了资方势力再次进入。将劳资双方长期的矛盾冲突归纳成适度的两条,体现了工运的成熟。不久,仅隔一月,三十六期《人间》,"人间劳工"的题目为《不开车,上街头》,中正机场未遂的罢工,由苗栗客运的员工们实现了。也是谈判在先,工会要求公司遵照劳动基准法,补偿解决以往的违规,遭到拒绝,于是全线罢工。台湾各地的工会团体都派代表现场支援,发动捐款,作为"罢工基金",坚持二十八天,资方全线退让,大获全胜,在台湾的工运史中,创下历史性的记录。

工潮连天的同时,农潮也在兴起。《人间》1987年2月第十六期开辟"人间农业"栏目。这个新栏目以专辑的形式出场,包括两篇相关的文章:《洋酒、公卖局、葡萄酒》和《褪色的金叶子》,顾名思义,是关于酒和烟这两项高利润的经济作物。台湾和美国进行烟酒进口谈判,美国于台湾,似乎没什么可商量的,所谓谈判,只是知会,而台湾公卖局只有将损失转移。于是盛传要压低葡萄、烟叶的收购价与收购量,一时人心惶惶。事实上,这不仅是农潮,也是工潮云涌的背景,对美国政治经济上的依赖,开始显现代价了。二十七期《人间》上《一个温暖的家,一份安定的工作》里,高雄中船公司与劳工的矛盾爆发,也是与这大形势有关。中船公司的发展,很大程度是借助日本对世界造船前景的预测,以色列埃及问题逐步缓解,苏伊士运河势必开放,商船无须南绕非洲大陆,超级油轮的生产就会相应降低,因此,适时将技术、器材倾销到台湾。事情在开始阶段,气象兴旺,但好景不长,未及十年,中船公司已走上下坡路,连年亏损。在衰退的经济形势中,劳资关系格外地尖锐起来。

《人间》1988年4月第三十期"人间农村"栏目——"人间农村"栏目开张于1987年4月十八期,而后又十九期,报导台南县佳里镇一个古朴的村庄,看来栏目的初衷是为台湾本省的乡村和人画像,但相隔近一年后再次登场却旌旗招扬,与"人间农业"栏目主题合流,陈映真亲笔撰文:《台湾战后最大的农民反美示威》。人称"三·一六"大游行,共有来自全省十三县市五千余农民参加,在陈映真赋予了高度历史社会的思想意义之下,就是农业萧条的现实处境。

工潮与农潮在《人间》涌动推进之前,1986年12月第十四期上,新开辟"人间校园"栏目,刊登文章《让我们诚实,让我们关怀》,副题是"台大学生擂动了校园自由的鼓声",能否将此作为先声?年轻的学子总是领革命之先,这也是我将《人间》第二阶段在此开端的考虑。这就像是一个征兆,征兆《人间》进入风生水起的时代。

《让我们诚实,让我们关怀》记录的是台大学生社团"大学新闻社"处分事件。大新社受处分的理由是"大学新闻"有三期上文章与图片"未经审查程序即行刊登",惩处停社一年。社长、总编辑、文字编辑各记过两到一次。处分下达,大新社即刻散发了"台湾大学各刊物争取校园言论自由联合宣言",宣言中回顾了校方弹压民主的历次事件,而这一次,台大学生不愿沉默了。两天后,大学新闻社在校门口的广场上举办惜别演讲会,名为"自由之爱"。七个月之后,第二十一期《人间》,"人间校园"第二次登场,题为《挺举"教师工会"的火炬》。表面上看起来与劳工们的诉求同样,亦是维护权益,但因教师是传递知识的人文工作者,所以事实的性质便有所不同。文中采集三名筹组"教师工会"的参加者,各自遭遇校方的解聘,理由都与思想有关。石文杰老师被教务处认定"造成学生认知上偏差";李勤岸老师抗议学校上层腐败,为政治诗集执笔写序;卢思岳也是文艺青年,同时是社会活动积极分子,参加过反杜邦运动,又当选"彰化县公害防止协会"候补理事……这一项由教师发起的校园改革,提出的理想是"民主的老师+进步的学生=自由的校园"。又隔三个月,二十四期,"人间校园"栏目:"青春的火焰",专访台湾第一个全学联组织——"大学法改革促进会"成立。全社会都在动起来了,像开了锅一般,积累多年的事端成因,为何选择这样一个时间点里喷发? 自然有其原因,就是1986年10月解除戒严,开放组党。《人间》1987年12月的第十四期就作出反映,从组稿、发排、印刷、发行计算,可说即时即刻就行动了。

8. 三十年漫漫组党路

翻过一个年头,也就是下月,1987年1月的十五期上,《人间》开出新栏目"人间历史",刊登文章《三十年漫漫组党路》。1986年9月,台湾正式成立"民主进步党",在当年12月增额国大代表与立法委员的选举中获取意外的席位,在此,《人间》回顾和梳理了台湾民主人士三十年来为解除党禁奋斗的历程。国民党动员勘乱的戒严体制之下,其实潜藏着各种反对力量,渐渐汇集,于五十年代中期浮出水面,形成"新党运动",酝酿成立反对党来结构健全的政治。据文章称,"新党运动"大体以两个事件划分阶段,一是"自由中国"事件。自 1957 年,《自由中国》杂志直接提出反对党概念,先是在"今日的问题"总题下推出系列文章,一一检讨社会的弊病;接着,从美国回来的胡适之发表演说,主张"在野党",《自由中国》立即响应,发表社论《积极展开新党运动》;然后,1960 年《自由中国》成员等人组织"选举改进座谈会",筹组"中国民主党",《自由中国》发表声明,宣布新党即将成立,然而,这便成了《自由中国》的闭刊号;不日,《自由中国》首领人物雷震以涉嫌叛乱被捕,判刑十年。这是一,二是"美丽岛事件"。《美丽岛》杂志创刊于一九七九年,集合了全台各地党外人士,却十分短寿,不出一年便出事,所有重要成员悉数入狱,顺便说一句,其时,为被告担任辩护律师之一,就是陈水扁。就此,新党运动走入低潮,但力量并未消解,而是暗中积聚,等待,适时而起。所以,这又是一个韬光养晦的时期。终在1986年5月,党内外进行了第一次沟通,为日后解除党禁打下基础。文章《三十年漫漫组党路》,洋溢着对新成立的民主进步党的热情,期望能解决台湾的积疴,同时也不失清醒,指出这个带有草莽民主色彩的新党先天的缺陷:体制上的山头派系性质,纲领和纪律的粗疏,思想的孱弱与短视——这些遗憾在以后的日子里,将如何演变?《人间》一直没有放弃对它的监督。一年多之后,1988年4月第三十期"人间农民",就是方才提起过的陈映真的撰文,《台湾战后最大的农民反美示威》,对这新成立的在野党,失望已是明显的,因它反对执政党是"以向美国争宠争爱"为方略。在这一场陈映真讴歌的"三·一六"农民运动中,"向来高举'台湾民族',高喊'自决','独立'的闯将悍将们",却看不见了他们的身影。恶果已经显现。但在草创阶段,它的粗野的新鲜的生气,依然给《人间》以希望。

9. 二·二八的民众史

我很难不将此看作是一个发轫,之后,《人间》就开始了对台湾光复之后历史的批评。隔两期的第十八期,"人间历史"栏目再次登场——我也将"人间历史"栏目看作一个标志,虽然它在二次开栏之后没有下续,但其中的主题却以不同格式一次比一次严肃地展现。十八期上的"人间历史"栏目,同时也作为"特集",总题是"'二·二八'的民众史",由陈映真撰文"特集卷首"——《为了民族的和平与团结》,告诉这一特集的背景,是民进党"打破了台湾向来最大的禁忌",立下"二·二八纪念日",于是,台湾便面临了探究历史真相的时机。陈映真文的主要立意,是要将"二·二八"这个偶发事件,放置于整个中国在近代史的命运里去看,而并非局限在一个台湾。在这貌似本省与外省的地方关系中,累积着从十九世纪以后东西方帝国主义欺凌中国,中华民族挣扎、抵抗、斗争的哀伤故事。显然,本省和外省的裂隙,是陈映真特别留意避免涉入的二·二八回顾的歧途,他在这场清算运动起始时候就怀有着的担忧,不幸在以后的日子将被证实。陈映真"卷首"之下,第一篇文章是由戴国辉访问丘念台私人秘书林宪——戴国辉这名字还将在我划为第三阶段的最后九期《人间》中出现,依然是有关二·二八,看起

[134]

来这位台湾历史学家对二·二八有着特别的注意,抑或是,二·二八已经超出事件本身,成为台湾历史正本清源的一个标志。此时,戴国辉因其身在日本的便利,访问了也在日本的林宪。林宪在1946年上半年起任国民政府委派台湾的监察委员丘念台的秘书,在1947年发生的二·二八事件中,丘念台以他的地位身份,活动于台湾军政上层,为缓和事态做出大量的工作,而林宪秘书便借此目睹并且经验了事件的诸多内情。接下来,是当年"台中市学生治安队"的成员,经过铁血的动乱以及政治肃清,最终成为一名商人,度着保守的人生,他的回忆比较林宪,自然是局部和表面的,但更具体生动。第三篇写的是烈士蔡铁城,他以记者身份参予二·二八,被拘三年出狱,却没有逃脱五十年代的大肃清,再次缉捕,终被处决。第四篇记录了台中民众武装抗击国民党二十一师靖乱部队的"乌牛兰之役"。第五篇的题目充满激愤之情——《别忙着歪曲历史,我们都还活着呢……》是三位"乌牛兰之役"幸存者的讲述。就此,尘封四十年的事件,从上层到低层,从外围到中心,从集体命运到个人遭际,铺陈开来,五十年代的大肃清随即揭开屏蔽。

10. 幌马车之歌

再隔两期的二十一期,"人间民众史"栏目——我以为这个栏目是从"二·二八的民众史"特集题目中脱胎而出,从此至终有四次出场,这期栏目内文章为《美好的世纪——寻访战士郭秀琮的足迹》。郭秀琮这一名医生,和蔡铁城的命运相同,在二·二八事件中担任了领袖式人物,幸免于逮捕,却同样在政治肃清中入狱,然后处决。

《人间》第二十期,以陈映真的小说"赵南栋"打头,开辟"副刊人间"栏目,至三十八期止,总共发表十五期,总量仅少于"人间灯火"栏目。但"人间灯火"栏目的十七期是分布在三十八期之中,几乎贯穿《人间》发刊的首尾,"副刊人间"显见得要频率密集,自开栏到闭栏的十九期内,只间隔有四期,而且每一期都占有相当的比重。看起来《人间》杂志的文学特质变得更为显性,《人间》开始刊登虚构的作品,但这里的虚构作品,无一不是面向现实,涉入社会问题,并且有一定比重的纪实写作,大陆称报告文学,台湾称报导文学。其中,又有相当的比重介绍大陆当代文学——我以为这是一个有心的设计,以文学来推开面向大陆的窗口。在大陆开放之初，人们常是从文学作品了解中国大陆，而中国大陆的思想解放，亦在很大程度上从文学出发以及推动。我想说的是，"副刊人间"在这一个时期开栏，是要承担更广大的历史使命，这其实也是陈映真的文学观。

第三十五和三十六期的"副刊人间"，分上下两部刊登《幌马车之歌》，我应该称它作什么呢？小说，还是报导文学？倘若是小说，他写的是真人真事；要说报导文学，贯穿其间的绵绵哀痛，且已溢出了客观性。"幌马车之歌"是烈士钟浩东喜欢的日本歌曲，他唱着这首歌走向刑场，歌词大意是说一辆马车在黄昏时分永远消失的背影。钟浩东原名钟和鸣，原籍广东梅县，出生屏东农家，与台湾著名作家钟理和为同父异母兄弟，在高雄中学就读期间，接触三民主义。台北高校三年级时，日本帝国台湾总督府向学生征兵开往大陆广东战区与中国作战，钟浩东为逃兵役跑往日本，考上明治大学，攻读政治经济。其时，日本侵略中国的战事越烈，钟浩东中止学业，与新婚妻子一同赴大陆参加抗日战争，辗转复辗转，终于投奔到丘念台先生的东区服务队。抗战胜利后，回到台湾，也是由丘先生推荐，任基隆中学校长。不久,二·二八事变爆发,钟浩东及基隆中学安然度过,没有发生本省人和外省人的冲突杀戮事故,是因钟校长一贯在校内实行民主。事变之后的台湾进入戒严状态,钟浩东却依然促进着思想的活动,主持知识青年"时事讨论会",编辑油印《光明报》,就这样来到了1949年。8月里的一日,钟浩东的家门被拍开,宪兵以这样轻佻的口吻闯入:"我们是人民解放军,要来解放你们。"1950年10月,钟浩东被执行枪决。

第三十七期,《人间》推出一整本版面的三周年特别企划,将台湾自光复到八十年代的四十年历史,依序作详细的整理。其中,五十年代,《人间》认为是一个政治上的重要年代:韩战爆发,美苏两大阵营对峙达到高峰,台湾与大陆的分裂随之成为事实,从国土、民族,到体制,再到意识形态,分头趋往各自的命运。在此背景下进行的政治肃清,则是从组织、人事,以及思想,消灭了任何异己的存在。从此,台湾与大陆海角天涯,遥相两隔。

11. 祖父的原乡

《人间》起始之初,便流露了对大陆的关注,创刊号上,"人间特别约稿"栏目,题目就为《沈静,大陆中国一九八一》,刊登法国籍旅行摄影家包德纳拍摄大陆的照片;第二期上,"人间特别约稿"依然是"大陆中国",刊登日本摄影家白川义员的大陆照片;停息了一段,到第九期,新开"人间山河"栏目,内容是报导厦门的文章与图片,虽然仅止于风光,却可见出望乡的情怀。自二十期开出"副刊人间",接陈映真小说《赵南栋》之后,第二十一期便刊出大陆作者马建的小说《伸出你的舌苔或空空荡荡》;二十二期,是韩少功的《爸爸爸》;第二十四期,香港作家施叔青的"香港新移民系列",新移民是谁?大陆客!大陆主题的出现急骤起来,到了第二十五期,两周年特大号,"副刊人间"继续施叔青的"香港新移民系列";同时推出陈映真速写大陆作家:吴祖光,张贤亮,汪曾祺,古华;作了专辑"海峡隔离症",上篇名《彼岸》,下篇为《此岸》;还是在这一期上,"人间访谈"栏目里,题目《如果对立可以结束》,访谈首位出行大陆的台湾媒体人,《自立晚报》记者徐璐——我以为这是重要的征候,它意味着不仅在文字上,而是在实践中,大陆台湾海峡两岸开始了打通与走动。

下一月的二十六期《人间》,本刊记者钟俊升步徐璐后尘去往大陆,发回首篇报导《祖父的原乡》,文章最末一句为:"亲爱的阿公,我已经回到您晚年朝思暮想的原乡了。"这篇短文如同一个序言,接下去,正文开始了。二十七期,做出专辑"海峡两岸的客家人",其时,有关大陆的话题,已不止于风物或者文学,而是涉入历史与现实。这一辑五篇文章,分别描绘客家人在台湾与大陆的遭际,在分离的命运中同与不同地守持着群体的性格。第一篇《客家:台湾生活中的"隐性人"》,以新竹县境内的客家山村新埔镇为调查,剖析客家人在台湾的境遇,由于客家人在近代移民台湾的历史中,处于微妙的时间段:晚于闽籍人,多是在康熙二十二年"渡海禁令"之后偷渡来台,于是他们一方面向原住民掠夺土地资源,另一方面,又受到闽籍人的剥削,他们入不了台湾政治社会的主流,又为本土人敌视,还乡的道路且迢迢远矣。这个夹缝中的阶层,在复杂的局面中生存,以宗族为中心,自成一体,是个独立的小社会,凭借着顽强的生命力,代代繁衍。专辑的第二、第三篇,均为钟俊升所写,记录在大陆广东梅县,焦岭一带客家人的聚居地的见闻,形成一个小专辑,名"钟俊升大陆摄影纪实",一篇为《焦岭客村一瞥》,二篇为《丘逢甲的故乡》，这就引出丘逢甲这个人，而总辑的第四篇正是访丘家在台一支的后裔，丘秀芷女士。丘逢甲即丘念台的父亲，丘先生出生于1864年的台湾，科考进士。甲午海战失利，满清政府割让台湾，丘先生立即变卖家业，筹组练兵团，是台湾史籍上的民族英雄。丘逢甲的同父异母长兄丘先甲，即丘秀芷女士的祖父，丘秀芷女士是台湾史研究学者。总辑第五篇《苗栗的峦泰砖窑史》，写客家老砖窑师父在台湾苗栗开砖窑的故事，前第二篇，钟俊升的《焦岭客村一瞥》，也写到了砖窑，离散的客家人却守着同一种营生与技艺，可谓打断骨头连着筋。这大约就是专辑的立意所在，以客家人这一特别族群写照大陆与台湾血脉相连，同出一根。后来的三十九期，再次做出同一主题的特别企划——"台湾客家：隐形的族群"，总共九篇文章，涉及历史，现实，文化，艺术，从个案到全面；"企划"之外，又刊登有长达三百五十三行的客籍史诗《渡台悲歌》，以及介绍客家习俗的专文《阿逢牯看相撰》。因此，我更有理由相信，客家人的主题是《人间》用以弥合大陆与台湾，本省和外省长久割裂的离隙，澄清历史造成的谬误。

就这样,大陆的主题彰显于《人间》,钟俊升继续撰写刊登大陆采访专题,"副刊人间"继续选载大陆作家的作品和言论,又在第二十八期专开出一期栏目"人间文学",美国汉学家金介甫撰文介绍沈从文——《沈从文和他的"家乡论"》,"家乡"这两个字在此带有着一种明喻的性质。也是在这一期上,"人间事"栏目刊出《想家,就真的回家了……》,记录"外省人返乡促进会"奔走呼吁一年有余,第一个探亲团终于从中正机场出发了,团员们身穿的上衣前襟,写着碗口大的字:"回家"。接下去,第二十九期,渐以疏阔的"人间灯火"栏目,刊出文章《好复杂的心情》,报导"外省人返乡促进会"的领袖人物何文德的回乡经历。兄弟姐妹都年迈,儿孙绕膝,爹娘已经作古,只能够栽在坟头喊一声"儿回来了!"当年担水的水井依然还在……件件种种,情何以堪? 同期《人间》,以顾问身份随探亲团来大陆的作家王拓开张了他的"王拓大陆探游笔记"。第三十一期,开出独一期栏目"人间文艺",专记录台湾戏剧家姚一苇的话剧《红鼻子》在北京、上海、山东、大东北演出,好评如潮。顺便说一句,《红鼻子》在上海人民艺术剧院的演出,是由笔者的父亲王啸平执导。台湾与大陆的接触在《人间》的演进越来越深入、热烈,我以为高潮是在 1988 年 9 月第三十五期专辑"人间海峡两岸对谈系列"。"系列"报导香港大学举行"陈映真文学创作与文化评论国际研讨会"的情形,此间所发生的更重要的一件事就是陈映真与大陆最具社会批判自觉的作家刘宾雁的会面。专辑第一篇,题为《历史性的对话》,由王拓撰文。王拓并没有正面描写香港大学与中文大学联合主办的陈映真刘宾雁对谈会,而是着重介绍对谈的背景、起因,以及这两人在不同社会间的相同性,看起来,对谈本身的意义是要多过于对谈的内容。专辑第二篇为陈映真所写,题目是《亲爱的刘宾雁同志……》,真挚动人,不止是向刘宾雁本人,还是向着他所属的地方和理想。文章中写去启德机场接机,远远看见刘宾雁出现,"'看哪! 这个人!'我站远处,激动却无声地对自己说。"陈映真写道。专辑第三篇,也就是陈映真在研讨会结束之际发表的致谢辞《民族文学的新的可能性》,回顾也是梳理了自己的文学生涯,描绘其发生和处于的台湾社会历史,当谈到面临的现实,是将大陆纳入进来同构背景,并且提出任务——"新的两岸启蒙运动"。

一直在寻找进步力量的陈映真,在两岸关系趋向缓解的时刻,将希望的目光投向了海峡对岸的大陆,那里不仅含有着故土与根源的概念,社会主义中国且应合着他的乌托邦想象,即便在逐渐开放的资讯中,了解到彼岸不能尽如人意的事端,也是作为代价被解释和接受的。苦命的中国人,苦命的亚洲,处在忧郁的亚热带,后发展的时间阶段,拿什么来拯救你呢?

12. 美好的革命

"人间亚洲"栏目开在第十三期,也就是我所划分的第一阶段的最末一期,结束在临近尾声的第四十五期,总共十一期,九期出场于第二阶段,可以证明是这一时期的主题之一。是否意味着这样一个顺序? 就是台湾的问题必得放在中国的历史中认识;中国的问题,必得放在亚洲的历史中认识,这也是救赎的途径。纵观这十一期"人间亚洲"栏目,主要的内容在三个方面——第一,也是占篇幅最大,态度亦最为热情的是菲律宾革命;其次,是日本,这个力求脱亚入欧的国家,在此栏目出场有限,但对它的批判却贯穿了《人间》整个办刊的过程;第三,韩国学生运动,虽然只露面"人间亚洲"一期,但却是一个预告,在《人间》的后阶段,将成为重要课题。

　　先来看菲律宾革命。关于菲律宾,之前1986年10月第十二期《人间》,一并推出两个专辑,一是"向亚洲富邻倾诉的菲律宾女佣",报导遍布东南亚的菲律宾女佣的生活和情感,由此观照劳工输出背后的国家经济状况;二是"来自菲律宾·尼革洛斯岛的独家紧急报告",尼哥洛斯岛在殖民经济制度下,成为单一种植的甘蔗产地,1983年国际糖价暴落,陷于大饥饿。隔月的第十四期上,《人间》刊登滞台菲佣问题座谈,题目为《亚洲人民间的团结、交流与共生》,依依可见《人间》办刊初的温情博爱。到了十六期,形式和态度则渐呈激烈,"人间亚洲"栏目里,专做"菲律宾革命一周年特辑"。特辑一总两篇文章,第一篇为《"菲律宾模式"?》,题目中的引号以及问号,是对这模式能否成立而有效坦言之怀疑;但是紧接的第二篇题目为《美好的革命》,又给予积极正面的评介,它以相当慷慨的篇幅描述了这场以人民意志战胜独裁的革命。非暴力的,和平的,不流血——除去引发革命的阿奎诺被暗杀事件。这场革命真有些像马克思主义经典所说的,"盛大的节日",和历史上许多"盛大的节日"最后以悲剧收场不同,它竟然成功地更替了政权,于是,便有了《人间》的不安。在《"菲律宾模式"?》一文中,回溯了马可仕政权产生的过程,在某些方面奇异地和台湾相似着,都是在二次大战之后,以接受复兴资金为条件进入美国经济体系,因而开始依赖型模式,奇迹般的菲律宾革命,能否改变这个畸形的构造呢? 这就是《人间》的远虑。自此,《人间》便将关注的目光投向这个面临转折的国度。

下一月的第十七期,"人间亚洲"刊出文章《为了这一天,在马尼拉……》,记录菲律宾宪法草案公民投票;第二十期,《社会火山》,描写的是马尼拉的垃圾山,在那里,居住着成千上万流落在马尼拉的破产农民——记者采访了一位"垃圾山居民",柯蓉的支持者,记者问:"如果,再过十年,她仍然没有改善你的生活呢?"回答是:"我相信人民的力量";二十五期,《吕宋岛的传奇人物》,访问菲律宾人民军领袖丹地;第四十五期,《不要开火,你我是主的兄弟……》写菲律宾天主教的入世和出世。

菲律宾到了这么一个节骨眼,它的积痾和希望全都放大了,像一面镜子,映照着多灾多难的后发展地区,《人间》就在其中寻觅着自己的影像。

日本,提供给《人间》的研究材料相当特殊。在本文第一章里,写到日本现代舞团"白虎社"的访谈,陈映真极力要辨析出日本现代社会的弊病;在"人间亚洲"开栏第一期,文章题目为《挣脱管理社会的黑纽带》,访谈日本摄影家铃木邦泓,铃木邦泓拍摄了一组流浪汉照片,出其不意的是,拍摄者对流浪汉的解析并非通常以为的贫富不均,而是视作对资本主义严格制度的逃离——这也是脱亚入欧的表征吧,日本已经幸运地离开了亚洲经验,在二战后飞速完成资本主义体制建设,并且进入意识形态潮流。但《人间》对日本的批判并没有就此一概而论,依然洞察了它的亚洲属性。第十八期"人间亚洲"栏目,文章题为《遗忘道义和人权的日本,是人间之耻》,写日本发动侵华战争,从台湾强征数十万青年,充作军夫和劳工,如今,幸存者正发动向战败国日本索赔的民间运动。

关于民间索赔运动,早于《人间》第六期,便做过特辑"怒吼吧,花冈",为"花冈事件"作四十一年祭。这一特辑内容详实,情感强烈,构成有当年花冈起义策划人,原国民党上尉耿谆所作回忆文字;报告剧"花冈事件"演出记录;日本侵进东三省,立伪满洲国,对中国、朝鲜乡村施行奴工政策的真相;以及陈映真译写的《血腥的建设》,追溯日本鹿岛建设公司起源。这创建于1840年的土木建设公司,可说脱胎于日本扩张政策,花冈事件就是发生于鹿岛的工程。日本战败,它却因企业的身份脱解罪衍,在承包海外项目中继续积累资本,再将资本蔓延到亚洲——《人间》向日本侵华索赔的支持背后,是对资本主义扩张的警觉。就在第二十期的"人间亚洲"栏目内,《天皇,日本人的守护神》一文,指出日本天皇制与资本体制的结合,乃是军国主义的根源。这个怀有脱亚入欧野心的国家,究竟要将它所离析的亚洲放置于什么关系中? 或者说,与亚洲之间重建一个什么样的构架? 是《人间》屡屡不能释怀的。

　　1987年8月第二十二期"人间亚洲"栏目,韩国民主运动登场了,文章题为《从汉挐山到白头山》,记录日本田川信雄与韩国文宇哲的对谈。其时,距"六·一○"学生运动发生不久,这场由汉城点燃,然后遍地烽火的示威,前后进行二十多天。二人由"六·一〇"生发,纵观韩国学生运动,由来至今,始终贯彻同一诉求:民族统一和民主主义,两个目标的背后,包含着反美与反集权的内容。田川信雄也回顾了六十和七十年代,日本兴起的两次反对日美安全保障条约的学生市民运动,遗憾地承认,日本在扩张与资本化的过程中,已经失去了"日本民族主义",于是,寄诚挚的希望于韩国。这位田川信雄先生指出:"韩国、新加坡、中国的台湾和香港这'亚洲四小龙'中,有一个'权威政治下的发展'的共通点。"我想,这就是陈映真更将韩国视为同道的理由。中国的台湾与韩国有着相似的处境,这两者都是资本主义实践成功的地方,有着与菲律宾革命不同的动因。而大陆,在历史的隔离与隔离的历史中,情形大不相同,积累的是另一路经验,何况,感情交织,很难客观,在会面了"亲爱的刘宾雁同志"之后,陈映真把目光投向了另一处亚洲近邻——韩国。

三十二期《人间》,隆重推出"黄皙暎·韩国民众文学专辑"。专辑的首篇,《民众和生活现场的文学》,是黄皙暎、黄春明、陈映真三人对谈,由陈映真亲笔记录成文;之二与之三是发表黄皙暎的小说《壮士之梦》与《写给弟弟》。黄皙暎是七十年代韩国"民众文学"运动中的作家,经历了朴正熙政府的文化镇压,又在 1980 年光州事件之后文学复兴中再次写作,他不止是以笔,而且以身心命运投入韩国动荡不安的现实中,积极主动地担负起正义的使命。陈映真要的就是这样的人和写作,还有生活,果然,后来他前往韩国,亲身体验那个国度里的民主运动。

13. 泄恋的口香糖

然而,资本主义的覆盖性以无法控制的速度和力度扩展。无论是原生还是外来的驱策,一旦启动,便自行纳入轨道,以后的事是谁也左右不了的。在 1987 年 6 月第二十期,"人间对谈"栏目——同样内容的栏目有时为"人间访谈",有时为"人间对谈",或者"人间对话",一总算起来,不过五次,三次由陈映真亲为。这一期亦是由陈映真主持,对谈者是著名美国华裔数理逻辑教授王浩,题目为《非理性力量下的科技》。这一回的对话不像和日本白虎社社长的那一次,带着逼迫和脱逃的意思,陈映真多少是自吟自叹,自圆其说了对资本主义的批判。这一次,他们相谈甚洽,互相理解,互相支持,共同剖析了科学技术实用主义趋向中的政治经济动机:利润效益追求;冷战局势下两极对立的军事竞赛、太空竞赛,结果是挥霍了科学发现的资源,影响世界科技研究方向。王浩教授显见得是思辨性极强的学者,对世界持有正直的看法,体现了科学的道德观,与陈映真从社会理想出发的思辨不谋而和。只是在一个问题上没有谈起来,那就是陈映真所提议的"人的断裂",他提出现代科研的工作方式,分工太过精细,"结果大部分人成了单一、重复工作的奴隶,只有少数精英有调整、规划、思索……的机会,从而产生了劳心、劳力的永久的分划……"我想,他担忧的是科技领域里的阶级分野,人格异化。对于此,王浩教授没有作出太积极的回应,他只是非常数理逻辑地解释说:"这是科学与伦理、技术与价值分合的程度与技巧问题了。"然后简单归到"非理性力量"之下,完成了主题。这显然不是王浩教授特别在意的事情,而在陈映真,却是切身的焦虑。剖析开所有的现象,陈映真最终看到的总是"人"和"人间",对此,他抱有着不无温情的关怀。这关怀最合理的去处是文学,可文学远不及对付兵临城下的殷切急迫,于是,他必得面向更实际的存在——社会,社会的回应总是冷静的,那里有无数条例规范,总体上是秩序的保障,到局部难免情薄,于是,又要到文学中去寻找寄予。我想这也是在《人间》开辟"副刊人间"的用意之一吧!在现实面前,文学还是显得孱弱了,就再一次走出来……

"非理性力量"是一种什么力量呢?它在某些方面遵循本能,但前提却是被置换的,在这被置换的前提之下,本能呈现了原始的能动力,无可阻挡,这前提的名字叫"资本"。第三十三期,"人间文化"栏目里,陈映真亲笔撰文《泄忿的口香糖》,写一家新成立的"意识形态广告公司"的创意产品,口香糖广告。"人间文化"总共开栏两次,一次是第十二期,《衣索匹亚古建筑巡礼》,刊登非洲衣索匹亚的图片与报导,与这一期上的同名栏目内容不怎么相合,这一篇《泄忿的口香糖》却有些接近"人间次文化",或者"人间青年"。而由"人间次文化"和"人间青年"变为"人间文化",很可能是出于无意识,但也可以视作一个征兆,那就是文化的支流上升为主流。在第十七期的"人间青年"——这可作栏目,也可作专辑看,其中第一、二篇分别是对上世纪二三十年代青年运动领袖严灵峰和胡秋原的报导，是不是有意作为对照不得而知，第三篇写的是现代台北都市青年，题目为《"新种族"，一个随机开卷的分析报告》。"新种族"是陈映真的命名，专指物质过剩社会里生长起来的消费性格一代人，到了1988年7月第三十三期，《泄忿的口香糖》里，这消费性格已经"意识形态"化了。

从《人间》创刊至此时，陈映真所执笔多是评述与访谈，亲自采写，并且以如此篇幅，可说是第一回，所以必定是有迫切要说的话。文章是从一则口香糖广告说起，这一则三十秒钟的广告，标题为《我有话要说》——高中男生受了父亲与教官的训斥，无从回嘴，爆发地喊一声："来一颗某某牌的口香糖吧！"字幕打出："爱他就请听他说"。一位公司白领被庶务缠身，忍无可忍，陡然起身冲出门："只是想买包某某牌的口香糖"，旁白为："生活不一定要永远妥协"。历来的广告中，口香糖总是在标志了现代生活的画面中登场，而在此，却以反抗体制的面目出现了。在前面三十二期，与韩国小说家黄皙暎的座谈中，台湾乡土派小说家黄春明说过这么一句话："在我们台湾，还有一个把反体制的东西商品化的问题",说的就是这个。资本市场有着如此强劲的吸纳力,将所有合与不合,相同与对立的存在统统纳入消费的概念,这是马克思恩格斯无产阶级理论诞生之际始料未及的。接下去,陈映真便走入口香糖创意广告产生地,这是由一群年轻人自行结合,成立年许的公司,"意识形态广告有限公司",这名字也很有喻意:"意识形态"。创意者与陈映真说,广告的目的是为促销,可这一则却有着另外的"副作用",副作用是"使人反省,思考自己的生活……"。不晓得是否因为面对陈映真这一个长者,以现实批判思想者著称,年轻人不自主地要响应他的"意识形态"。这解释听上去终有些牵强附会,当然也蒙不过前辈,前辈看见的依然是远超过自然需求的"大众消费社会"在人类历史上豪奢灿烂的登场,"反省"的主题不过为它增添了一个别致的符号。陈映真当然要指出"批判的破绽",他却不由地被这伙年轻人吸引,是不是有些类似鲁迅对年轻人的心情,因知道他们是未来,于是便理性地爱他们? 但陈映真是个温情主义者,这使他不至过于严厉。他喜欢"意识形态"公司里的风格,逼仄、简朴,甚至有些凌乱,书架上,西方广告刊物中间夹杂着一摞《人间》；没有一般写字间的区隔，职员也不穿西装打领带，年轻人勤奋认真，朝气蓬勃。对"意识形态"这个词，他们并不企图以偷换概念来标新立异，确实注入了严肃的思考，"副作用"的说法不完全是搪塞之言，他们自身亦处在激烈的社会竞争中，对社会有着不谓不深刻的认识。但他们这一代显然要比陈映真们现实，用负责人郑松茂的话，就是："一个人活在世上，如果一定无法脱离现代资本主义消费体制，我还是喜欢做一个竭尽心智，以消费者的福祉为顾念的广告人。"我想，陈映真的心情相当复杂，他失望，又不忍失望。他们当然说服不了他，可却也让他尊重。他们对陈映真的态度大约也是同样的，不忍让他失望，可却不能违心地服从。这是一个让他们敬重的人，可不妨碍他们持自己对生活的态度。他与他们，彼此喜欢，可无奈于世界观不尽相同。相比较之下，陈映真的失落更严重一些，这世界更可能按他们的观念发展，他们是年轻人，比他更远地走向未来。陈映真总是将希望寄托在青年身上，因为他就是在青年时代培育了他的理想。回顾一年半前，第十四期"人间校园"栏目的《让我们诚实，让我们关怀》，台大学生运动，自由之爱，此时多少是尘埃落定的意思。台湾解严，新闻自由，新党建成，一切都在好起来，而资本主义体制日臻成熟，可收服任何尖锐的抵触。他将目光投向开放的中国大陆，大陆似也正步后尘赶来。菲律宾的革命不也正趋向更完善的资本主义。那么去往哪里找寻进步的力量呢？哪里都有，"人间世界报导名作选读"栏目里，美国的桃乐西西·莲恩，玛丽·爱伦·马克；日本的桶口健二，福岛菊次郎；印度的艾许文·梅塔；法国的昂利·卡提耶·布列松……对世界与人持有着正义，公平，良善的观念，如星星之火，遍布四野，怎样才能集合起来，成燎原之势？现实迫人，陈映真在"创刊的话"里宣布的信心、希望和爱，都变得过于温婉和间接，必要有更为实际的主张，才能拯救。

第三章　要拼才会赢

14. 解放与尊严

1989 年 2 月第四十期,《人间》进行了人事的变动。陈映真在"发行人的话"里对此作了解释。他介绍了从本期开始担任总编辑的杨宪宏先生,杨宪宏原是台湾巨大资本报业的著名编辑和记者,曾在上年,即 1988 年 12 月,于《自立晚报》发表《台湾报纸的最后黑暗时代》,斥责报禁解除后,新闻传播却走向堕落。发行人陈映真期待杨宪宏能承起《人间》的接力,"回答解严以后的历史是交给第三代新闻人、传播人和文化批评工作者的艰巨任务"。同时,也介绍了《人间》杂志社新任社长张志贤先生,张志贤曾在《新新闻》社的管理发行中,取得良好的业绩。看起来,陈映真为自己物色了接班人。这两位来自主流媒体的新闻人加盟《人间》杂志,是不是还意味着《人间》将走上社会的中心舞台,挺身加入台湾的宏大历史。在这一期刊首,发表了

"人间宣言",题目为《解放与尊严》。如果我们还记得三年前，《人间》第一期，"创刊的话"，题目是叫做《因为我们相信，我们希望，我们爱……》，到了此时，《人间》显然以为"相信"、"希望"、"爱"是不够的。《解放与尊严》，不惜严格地检讨道："《人间》不应该只沉迷在'反压迫勇者'，'弱者的代言人'之类的社会造型中"，它为自己竖起新的标竿："在批判国际冷战历史寻求解放与尊严的运动中，重新建设新历史时期的台湾——从而中国以及亚洲的新人和新文明。"我们应该视作为《人间》有了更大的抱负，将更大的使命负于己任。然而，在它全身心介入现实斗争的时候，似乎也隐藏着蹈入激进政治的危险，但事情这才刚刚开始，《人间》放开眼量，要从头说起。

就在这一期，《人间》实践了"批判国际冷战历史"的宣言，推出特集"NO PASARAN"，回溯报导西班牙内战。在上世纪三十年代，西班牙共和政府与法朗哥政变军战争，希特勒、墨索里尼派兵支持法朗哥，世界各国的社会主义者组织联军增援共和国，奏响了第二次世界大战的前奏，世界终划分为两大阵营。"NO PASARAN"是"不让法西斯过关"的意思，是当年西班牙人民保卫马德里的口号,用作此特集的题目,自然是辐射出象征的意义。也是在这一期上,按序排出三篇文章:《台湾的天皇论》,《大场面,好看头,要拼才会赢的年代》,《后蒋经国时代第一年,慈湖发烧1·13》。

《台湾的天皇论》事由当年元月,日本天皇裕仁去世,台湾媒体的报导评述多有偏倚,因此来剖析台湾战后体制下所形成的天皇观念。《大场面,好看头,要拼才会赢的年代》,回顾自蒋经国于上年,即1988年元月13日去世,一年之间,统治松动的台湾社会所发生的种种事端:农民抗议,工人罢工,历史冤案拨反,李登辉上台,原住民诉求请愿,股市起落,民进党"闽南沙文主义"……历数罗列之后,"人间放谈"举出《后蒋经国时代第一年,慈湖发烧1·13》,对事件的意义进行评价和讨论。整个座谈记录给人的印象难免是操之过急,似乎每一件事都没有达到期望值,主持人杨宪宏开首第一句话便是:"蒋经国已经过世一年多了,台湾的政治界仍未建立新的政治观……"倘若从西班牙内战往下延续,经过两次大战,战后体系形成,终至蒋经国辞世,强人政治解体——经过如此漫长的过程,裕仁天皇去世不能不说适时提供契机,检讨日据五十年来的文化与思想,自由、民主、民族的理想就全到了喷薄之处。此时此刻的台湾,所有这些概念全具体为生存处境,知识分子的焦虑完全可以想见。

还是在这一期上,再次推出"二·二八系列",文章摘自台湾历史学家戴国辉在日本岩波书店出版《台湾:人,历史,心性》书中的两个章节,分别题为《希望·幻灭与悲剧》及《二·二八事件的悲剧与伤痕》,进一步详尽描述事件发生的背景,过程,后续,偶然和必然的因素。看起来,二·二八事件是台湾近代史中的一个关隘,许多事情是以它为总结,又有许多事情从它生发,不将其搞清楚,台湾的问题就不能水落石出。这是历史,现实呢?本期又推出"党外执政系列",报导两位非党县长:宜兰县长陈定南和高雄县长余陈月瑛,后一位是由陈映真执笔。我们将发现,陈映真辞去《人间》总编辑,又有社长处理行政,撰文便见积极频繁,每一期都有他的文章。其时,陈映真所报导的余陈月瑛,是颇具戏剧性的人物,尤其是在这当口,国民党与新党力量较衡的时刻,几乎是带有风云际会的隐喻。余陈月瑛的夫家,公公余登发是高雄县著名政治家,本期《人间》,亦发表有专写余老先生的一篇,题目极有趣,为《余登发为人民服务》。余老先生从日政时代便积极参与公益事业,竞选乡议会议员,主张正义,曾当选光复后高雄第一届国民大会代表,以及里长,乡长,县长。然而因其正直的秉性,不能通融俗情,他的从政道路并不顺利,几回当选,又几回落选,甚而至于几回入狱,却获得民众极高的拥戴。媳妇陈月瑛,便是在余老先生的推动之下,竞选省议员,并且连选连任四届,直至 1986 年,以超高票当选高雄县长。

这一期《人间》,可说遍地开花,从历史到当下,从世界到本土,从理论到实践,都是要求进步的呼喊,真是应了街头的歌声:"要拼才会赢"。如火如荼的 1989 年,等待人们的将是什么?

15. 彷徨的武装

首先,历史清算在深入。第四十一期的专辑"台湾职业军人",在封面与目录页,都以大号字醒目地印出标题;总编辑杨宪宏撰写导言:《彷徨在战争与和平之间》,说明专辑的背景,即 2 月 11 日——出刊之前一月,台湾空军中校林贤顺,驾战斗机从台东飞往广州,《人间》决定以此为出发,讨论台湾的军队、军事,以及军事社会学;专辑除导言外,总共九篇文章,第一篇便是由陈映真操笔:《彷徨的武装》,副题为"美国远东基地国防与国共内战国防的重叠与崩解"。

关于台湾职业军人,第三十期的"副刊人间",曾经发表一篇小说,题目《连长刘国军》,描写服役的生活。其中对人事、伦理、世情的表现和批判,通过"刘国军"这一个虚构人物,显得十分生动活泼,令人感慨。现在,虚构已经结束,要来真格的了。

在《彷徨的武装》里,陈映真解析了台湾军事武装的构成,大体可分为两部分:一部分来自于本土,光复时期国民党第七十师进驻台湾,二·二八事变,二十一师来台镇压,第三是 1949 年,数十万国民党军队撤至台湾;第二部分则是美国介入台湾,1950 年韩战爆发,美国太平洋第七舰队封禁海峡,然后从 1951 年至 1965 年,向台湾派遣军事援助顾问团,提供军费,1965 年以后,美援变通以军事贷款的方式。在这样的军事组成背后,实际上埋藏了国民党台湾的政策结构——"冷战,民族分裂,所谓国家安全,对美国附从"。陈映真文章认为,1950 年以后,除了 1959 年金门"八·二三"炮战,以及其后金马象征性的炮击,台湾现代化的军队并未进行过任何具体的实战,却在社会财富中合法占有极大比份,形成一个军事政权。在陈映真对台湾军事作出全局性的定义之下,是各个局部的呈现——《无可奉告:一份被封存的军校报告》,谈军校学生普遍期望转校;《我不干军人了!》则具体为一名军校四年级生的所思所想;《现代版拉夫》,是说军事教育宣传片里的政治,霸权意识形态与电影工业经济体系令人迷惑地交织一起;然后,事情又返回到过去,《卅年前的历史》,一伙退训的军校生,军校履历不受承认,被迫重复服役,耽误了学业与就职的机会;继而,再重溯渊源,《谁的国民革命军?》,副题是"被日俄美军事顾问团强行轮番改造的苦难中国职业军人",指出先天失调,又遭际派系阴影,分裂,受利用,被抛弃……命运多舛而不济;又从军事到所谓"国防"——《国防是怪物,政工亦然》,在动荡变革的局势中,台湾军队的征战目标究竟是什么,无可避免地,军事意识形态丧失基础;这是政治体制的命运,那么个人呢?《跳太平洋也摸不着路》,老兵们述说着他们的故事……专辑的最后一篇,也是作为总结,是

"人间放谈",仍然由总编辑杨宪宏主持,陈映真也参与放谈,标题为《军队国家化与国防预算监督》,放谈的主要精神大约可归纳为:减弱军事,实现民主宪政。

军队于政权政府意味着命脉,这一集专辑可说直捣体制的心脏,而《人间》并没有就此罢手,而是越战越勇,连连出击,有点端老底的意思了。四十五期上特别企划"民众史:赤狱国特",说起来颇为传奇,好比六十年代中国大陆的特工片,当然,我们看到只是故事的一侧,其时其地,故事的那一侧浮出水面。主人公为国民党高级情报员林坤荣,经过"甲级万能特工"的训练,1956年被委派进入大陆江西山区架设电台。事先大陆方面得到情报,登陆广州便被捕入狱,判处徒刑,从此经历十一个监狱的服刑劳改;1980年,中国大陆实行释放国特政策,假释回到老家福建;1983年,终于回去台湾与家人团聚。从1956至1983的二十七年间,他的家人遭际了什么呢?先是安家费被人私吞,再到1960年国防部颁发"旌忠状",证明人已于当年"广州阵亡";而家人拒绝接受此项荣誉,坚持于无望中等待,等待中子女长大成人;最具讽刺意味的是,第三子林正杰成长为反对党一员,公然突破戒严令,聚众向国民党政府最高法院示威,最终加入民进党。特别企划"民众史:赤狱国特"报导之三,是为陈映真撰写,题目《一个独特的"间谍故事"》。文章分四个段落,小标题分别为"一个真挚的爱国者"、"报复还是教育"、"国民党手下政治犯的待遇"、"伟大的母亲和妻子",从小标题可窥见,陈映真的理想社会主义和良善人性信赖,他力图从各个角度对林坤荣事件作出正义性的解释,而在第四个段落,他所表达敬意的这位女性,则是可代表中国命运里的无数母亲和妻子,她们不属于任何意识形态,却合乎陈映真最本质的人道主义景仰。

下一期,第四十六期,一并两个专辑,其一为"人间特别企划"——"张友骅:一笔当关";其二"等待解严的土地系列"。事情还是在军政界中,就好像开膛破肚,五脏六腑全大白于光天化日。张友骅是一名军事记者,父亲曾是国民党高级军事将领,所谓的"老总统的人",因是这样特殊的"高干子弟"出身,他自小对军旅中人和事熟如家常。1988年台湾报禁开放,于他真可谓如鱼得水,他的一支笔,揭开多少沉案,石破天惊。"张友骅:一笔当关"第一桩是台湾"中科院"核研所"张宪义弃职潜逃疑案";第二桩是"雨田专案"——"雨田专案"是 1959 至 1960 年逮捕雷震,即"自由中国"事件工作小组的代号;第三,1987 年"三·七事件",亦称"小金门事件"。三桩案子,均直指国民党执政机要,不仅是过去,更是针对现在。张宪义案就发生于一年多之前的 1988 年元月;雷震案是思想案,关系整个意识形态的立意;"三·七事件"发生不过两年,受处罚军官在李登辉时代全又复出,张友骅在文章中发表了"新职表",不晓得朝野上下将引起如何的反应。

特别企划"张友骅:一笔当关"刚收尾,"等待解严的土地系列"便起句了。系列的首篇是由陈映真执笔,这一阶段的《人间》多是将帅亲征,每一期刊首都有"发行人的话",或者"总编辑的话",抑或同时有话,凡重大战线,必拍鞍赶到。这一回,陈映真文章题目为《虚构的珍珠港》,副题"美国干涉主义下的金门与马祖",细述金门马祖战区由来。韩战爆发,冷战达到高峰的五十年代初,美国有两个单位进驻金门,一是官方的军援顾问团,二是民间的"西方企业公司",名曰"公司",实为美国中央情报局活动机构,为大陆与台湾设起人为屏障,强化割裂的事实。

联想第四十一期上"台湾职业军人"专辑中,陈映真文章的题目《彷徨的武装》,再看《虚构的珍珠港》,约略见出陈映真对台湾军事批判的总体大意,那就是台湾的军防实际是在世界冷战格局中被夸张甚至预设出来的敌意,这夸张或者预设的首得益者是美国,其次是台湾国民党政府,前者是为建立反对中国社会主义的远东军事基地,后者意在物质与意识形态以及体制获得世界霸权的支持,这一笔交易之下,中国民族则承受着分裂、对峙、隔绝的代价,共同历史文化的感情资源无谓地消耗着。

　　四十二期《人间》,戴国辉先生继四十期上"二·二八系列"之后,再发表《试论二·二八事件研究之视角与方法》,专谈历史研究的严格。文中有一句话:"最近,台湾掀起了一阵翻案风",我想是可用来形容其时的台湾以及《人间》杂志。坐在异国日本的书斋里,故土的风云无时不激荡着这位历史学家的心怀,我想,这是中国近代史学家的独特命运,历史永远处在活跃期,不知何时能够平息波澜,很难不受即时即地的感受影响。但戴先生依然保持着科学的理性,他提醒道:"翻案及平反必须经过调查研究和以严密的学术检讨为基础,才能对历史作出无愧的交待。"可是,事情来得这么急迫,尤其是在那样长久的等待和积郁之后,且慢谈学术,先来个抽筋扒皮。就这样,《人间》以凛然之势,掀开清算历史的一页。

16. 人民有权不要……

与此同时,是轰轰烈烈的广场革命。第四十期,《看哪,澎湖潭边村》,记叙离岛上的潭边村民,自募经费成立"自救委员会",抵抗台湾电力公司来建电厂;第四十一期,台湾各反核组织与环保社团联合组成"关切核能危害委员会",发表1989年声明——"人民有权决定不要核电";四十二期作出专辑"公害政治学",总编辑杨宪宏写导言《公害政治:彰滨与核电》,陈映真作总论《台湾经济成长的故事》,专针对经济部门重新启动两项冰封开发计划,彰滨工业区与核电厂,呼吁民众起来抵制;四十三期,"台北病理学,都市住民运动大反扑"专辑,其中相当典型的案例为"生存受威胁的中产阶级",记录敦化南路业主们抗议在巷道装置变电所,意味着最保守的阶层也起来了;四十五期,报导台湾大学学生策划演出"图腾与禁忌",嘲弄与讽刺的对象是大学活动中心的蒋介石铜像；也是在四十五期，"远化工潮"波涛连涌，早在三十一期"人间像"栏目里闪亮登场的工党副主席罗美文，一年后的此时，带领远东化纤总厂工会发动战后最大规模的罢工；四十六期，揭竿的是小学教师，组织"无住屋者救援会"，号召全省三大都会城市，一同争取社会住房福利，他们的口号是"一只蜗牛一个壳"……公害，工会权力，公民利益，都不是新话题，一直是《人间》主张的宗旨，只是到这一时刻，如同火山爆发，激烈上演了。

17. 韩国锥子

就像前面说的，第四十期人事变更，杨宪宏、张志贤加盟，陈映真从此轻装上阵，亲临前线。在这最末八期中撰写的文字，远超过之前三十九期的总和，凡着重推出的特辑、专集、特别企划，都有他的点睛之笔，直切要害。"人间灯火"栏目早已阑珊，终至寂灭，"副刊人间"也在不知觉中停刊，在这一个家国情怀的时代，委婉的表达远不够用了，要的是更直接的行动，莫过于把血肉之躯投进去，义无反顾。然而，还是老问题，到哪里汲取力量？西班牙内战已成往事，只负责提供历史的经验与教训，而世界变化成另一个样子，经验和教训显然不适用了。四顾茫然，何处可为参照，陈映真看见的一盏灯，就是韩国。不止是之前三十三期"副刊人间"里文学的韩国，而是斗争现场。

1989 年 6 月第四十四期，封面照片即是一名韩国学生举旗呐喊的形象，文字标出题目——"陈映真现地报告，激荡中的韩国民主运动"。从"发行人的话"里，我们知道这一年的 4 月 9 日至 23 日，陈映真们到韩国做了两周访问，从中得来颇多启发和教益。发行人认为，在冷战局部松弛，亚太地区面临经济与政治的重组之当下，台湾的反抗运动正处于"焦虑和彷徨"，大陆反腐败求改革的要求尚欠深刻冷静的理性，于是，更显韩国民众运动充满活力与创造力，是亚洲的榜样。这一组"现地报告"由十三篇文章组成，第一篇《民族的报纸为民众发言》，报导 1987 年卢泰愚"六·二九民主化宣言"背景下，有民间集资而诞生的《韩民族报》；第二篇《我们有韩国民族·民主运动的传统》，报导由韩国所有在野民主运动团体联合组成的"全国民族·民主运动联合"组织；其三，《年轻又热烈的无穷花》，从汉阳大学的

"汉城地区大学生总联合"为出发,介绍八十年代学生运动发展经过:组织形式上由分散到集中,由学院到社会,知识青年和工人结合,思想上从简单反美到认识"韩国社会构造性格",因此开拓了广度和深度;第四是工人运动与"汉城工联";接着是韩国社会学界,主张"知识和理论要从现场和实践中来,也得回到现场和实践中去";然后,《韩国文学的战后》,在此,文学是作为社会斗争实践而登场,沿五十至八十年代,每一次左翼文学所面对的挑战,都关系到民族独立的意识形态合法性争取;之七,《耶稣在穷人中兴起新教会》,受访者是韩国民众神学的创始人安炳茂,民族神会是从七十年代中后的民众运动中发展出来,1970 年,一位身任纺织工业工头的基督徒,目睹女工们受尽剥削的惨状,无以名告,结果引火自焚,抗议社会,这能不能说就是"民族教会"最初的起因? 之八,是天主教会,一个年轻的组织"天主教实现正义联合",如何将抽象的博爱与现实的处境结合起来? 陈映真在文末引用了路加福音里的话:"你们以为我来,是要叫地上太平吗? 我告诉你们: 不是,乃是叫人纷争……";之九,《在战斗中成长的韩国民族剧场》,演出 1982 年韩国学生火烧釜山美国文化中心的故事;之十,《为一切人的平等与自由的美术》;之十一,《韩国民族电影运动的起步》;十二,教育;十三,反公害——从一系列报导,我们可以看见陈映真们奔赴韩国足迹所到之处,在时间上,正发生罢工工潮与文益焕牧师访问北韩,1987年"八·二九民主化宣言"以来的开放局势又一次收拢,《韩民族报》的主笔、著名文化人被当局约谈,"全民联"代表拘留侦讯,"汉城工联"领导人士不时遭受"安全联合搜查总部"拘捕,神学家安炳茂博士痛心以为,"八·二九民主化宣言"的虚伪性终于揭开真相……我不知道陈映真们是不是被这形势召唤而去,也许只是不意遭逢,但这一次邂逅于陈映真一定相当鼓舞,韩国的革命几乎全方面地应合着他的理想:反美,反霸权,民族统一,劳工权利,知识分子到民间,艺术为民众服务……而这一切,只有斗争方能取得,这就是——"你们以为我来,是要叫地上太平吗? 我告诉你们:不是,乃是叫人纷争……"

18. 我得到平壤去一趟了

最后八期的《人间》,便是纷争的《人间》,陈映真是战士。

"现地报告"之后的第四十五期，正式开出"陈映真专栏"，可是，仅仅四十五，四十六，四十七三期，便与《人间》一同结束了。从刊物本身，我看不出停刊的原因，最后一期，四十七期，似乎也没有什么迹象，只看见有许多新的和旧的栏目一并涌来："人间评论"、"人间生态"、"人间媒体"、"人间芳草"、"人间欧洲"，好像急切中要回到原先的格式，不知是不是隐藏着某种征兆。没有停刊辞，也没有"发行人的话"，回想创刊号上"创刊人的话"，不免觉得有头无尾，终止于仓猝之间。当我写作这篇文章时，尽力要避免的是，起用《人间》之外的材料。相隔海峡，资讯真伪夹杂，虚实难辨，我本又缺乏学术训练，只有将自己规定在严格的限制中，犯错误的危险方能减少。我承认本文只用了一个其他来源的细节，就是担任美丽岛事件辩护律师中有陈水扁，这是一个不争的事实，可为台湾党外的一路风尘多提供一个佐证。其余所有，全出自《人间》杂志本身。也因此，我不便对《人间》的停刊作任何猜测。总之是，发行人离去了。

最后倒数第二的第四十六期上，陈映真专栏文章为《文益焕牧师的一首诗》。文益焕牧师在七十多岁高龄，于这年4月9

日,公然违"国安法"不顾,取道东京去往他被分裂的祖国的北方,再从日本取道,泰然而归,以一介肉身,走通南北两韩,一出机场便被逮捕。他曾写下一首诗,题为《我得到平壤去一趟了》,全文在"陈映真专栏"刊登。我知道,《人间》停刊不到半年,隆冬季节,陈映真第一次来到大陆。这已是题外的话,就作文章的结语,不再另辟章节。

全文终

2008.12.5.上海

图书在版编目（CIP）数据

乌托邦诗篇/王安忆著. —上海：华东师范大学
出版社，2011.4
ISBN 978-7-5617-8532-4

Ⅰ.①乌… Ⅱ.①王… Ⅲ.①散文集-中国-当代
Ⅳ.①I267

中国版本图书馆 CIP 数据核字(2011)第 060710 号

乌托邦诗篇

著　　者　王安忆
策划编辑　王　焰
责任编辑　陈庆生
责任校对　王丽平

出版发行　华东师范大学出版社
社　　址　上海市中山北路 3663 号　邮编 200062
网　　址　www.ecnupress.com.cn
电　　话　021-60821666　行政传真 021-62572105
客服电话　021-62865537　门市(邮购)电话　021-62869887
地　　址　上海市中山北路 3663 号华东师范大学校内先锋路口
网　　店　http://ecnup.taobao.com/

印刷者　上海商务联西印刷有限公司
开　　本　787×1092　32 开
印　　张　5.75
字　　数　80 千字
版　　次　2011 年 10 月第 1 版
印　　次　2011 年 10 月第 1 次
书　　号　ISBN 978-7-5617-8532-4/I·758
定　　价　22.00 元(精)

出版人　朱杰人

(如发现本版图书有印订质量问题，请寄回本社客服中心调换或电话 021-
62865537 联系)